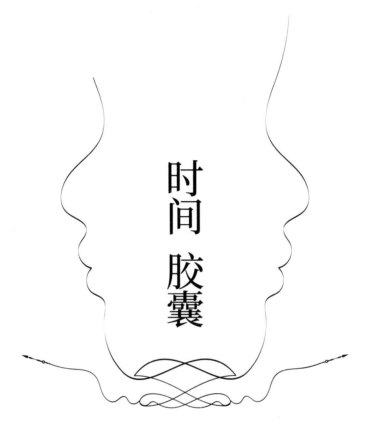

时间 胶囊

Joan Silber

IMPROVEMENT

[美] 琼·西尔伯——— 著 ｜ 曹 源——— 译

江苏凤凰文艺出版社
JIANGSU PHOENIX LITERATURE AND
ART PUBLISHING

致迈拉

献上我的谢意

爱一个人，跨一座山

目录

一

时间的掌纹：相遇与别离

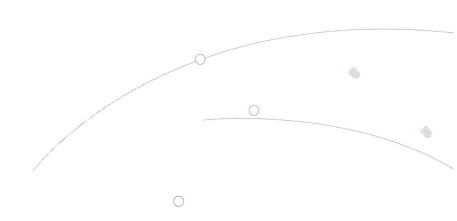

1

这种事时常发生：人们在旅途中发现一片应许之地，感到仅是停留于此，就能实现自我飞跃。他们将无法领略这种心境，将旧识抛诸脑后，与当地的美丽异性交往，定居，熟识一切风土人情，还建立了家庭——但这种状态也许不会持续很久。

我的姑妈就有这样的经历。她在二十来岁时去了伊斯坦布尔，结识了一名英俊的卡帕多西亚地毯商。她大学主修古典文学，脑子里总装着数不尽的问题和想法；他则儒雅聪慧，成日与旅者打交道。他爱上了与我姑妈之间那种形而上的谈话，因此再也无法与土耳其姑娘们交流。当女伴们返回希腊时，姑妈选择留下来与他同居。这是在一九七〇年。

他的商店位于游客云集的苏丹阿赫迈特，住处则在费内尔一个鱼龙混杂的老社区。琪琪姑妈热情好客，他们的公寓总是挤满她丈夫的同行和处于不同年龄段的外国人。她会殷勤地为他们做上一顿半土耳其式大餐，把他们安顿在自家的沙发上。她还在店里帮忙，向所有顾客解说地毯上的图案：那些星星代表幸福，蝎子是为了驱赶真正的蝎子。从寄回的信来看，她对现状相当满意——她在遣词造句时加入了土耳其语，描述着她那种天天品茶、喝咖啡①的悠闲日子。她的事迹成了我们家族中的一个传奇。

其时她的父亲正疲于照料子女（她的母亲于六年前去世），她的弟弟沉浸在对高中生活的憎恨中，她常给他们写信。这是一个深受前卫左翼思潮影响的犹太家庭，琪琪也参加过歌唱全世界儿童的露营活动，因此她与一个土耳其人交往，没人觉得有什么不妥。琪琪往布鲁克林寄了一张地毯，据说来自托罗斯山脉，她父亲在回信中写道："颜色非常漂亮，你真是个行家。我担保没有人会舍得踩在上面。"

随后琪琪男友的生意急转直下。不是商店地下室惨遭水淹，就是有账收不回来，附近还有一家新开的店来抢生意……这类事情层出不穷，商店无奈以关门告终。琪琪的家人以为这次她终于可以回家了，但她没有。她的男友奥斯曼决定搬回乡下老家，帮父亲种南瓜（用来榨南瓜籽油）、西红柿、西葫芦和茄子。琪琪为搬家做好了准备，她想看看真正的土耳其，伊斯坦布尔真的太西化了。卡帕多西亚是个非常古老的

---

① 原文中的"茶"和"咖啡"用的是土耳其语。

地方，她为能看到火山岩而雀跃万分。她要结婚了！这个消息震惊了她在布鲁克林的家人们。他们有没有成为婚礼的座上宾呢？显然没有。因为他们收到信时，婚礼已经办完了。"我戴了一顶串珠帽子，还有耀眼的头巾，整个过程简直让我不敢相信。"琪琪写道。

同样不敢相信这个事实的还有她的亲戚们。但他们获知地址后都送去了礼物：一台微波炉、一台全自动咖啡机和一条供寒冷山区取暖用的电热毯。这是一个务实而开明的家庭，他们想给她一些能派上用场的礼物。在相当长的一段时间里，他们都没有收到琪琪的来信，她的父亲还担心这些礼物是不是在邮寄过程中失窃了。"我知道对你来说很难想象，这里没有电，但我们过得很好。每天早晨我都在炉子里生火，这儿的烟气都很好闻。我还会在烧水锅底下生一堆火。"琪琪在信里写道。

琪琪烧火？没想到她会过上这么原始的生活。她的弟弟艾伦（后来成了我的父亲）问她在那里常听什么音乐，有没有收音机。她给他寄了些她最喜欢的土耳其歌手的录音带——有一个蹩脚的男低音歌手，还有一个唱得极好的女歌手，调子清冷忧伤。艾伦一直希望能去拜访她，但他先是上了大学，夏天还要做油漆房屋的兼职，后来又正式进入广告行业，根本脱不开身。琪琪从未提过回家的事，她父亲提出买两张票让他们来纽约，这样家人就都能见到她的丈夫了。琪琪却说："哦，爸爸，别浪费你的钱了。"没人敢再提这事，因为青春期时候的她情绪敏感、脾气火爆，所有人都怕她变回当初那样。

她在那儿待了足足八年。她在信中告诉我们，"我丈夫说，我的缝纫手艺已经能与他的姐妹们媲美了""我正在重读拉丁语的奥维德作品，确实不错""今年冬天太长了，真讨厌。我已经学会了奥斯曼所有的星象学问"。没人知道她现在什么样，也没人能从这些散碎的叙述中拼凑出什么。她没有提过自己是否已怀孕或是生产，家人也避免问到这些。

当她的弟弟终于决定去拜访她时，琪琪却写信说："你猜怎么着？我终于要回来了，再也不走了。真是等不及要见你们！"

"等不及个鬼，"弟弟说，"她才不介意继续等着呢。怎么现在又无法抗拒家的召唤了？"

但她的丈夫却没有一起回来。"我在这里的生活自然而然地画上了句号，"琪琪写道，"奥斯曼将是我永远的挚友，但我们不会再在一起了。"

"那是谁辜负了谁呢？"亲戚们脑海里一直有这个疑问，"她永远不会告诉我们的，是吧？"

大家都好奇她抵达时会是何种模样：她会一脸风霜，穿着肚皮舞舞娘那种轻飘飘的裤子吗？纽约新建的大楼会吓她一跳吗？她会对着双子塔目瞪口呆吗？并没有。琪琪还是老样子。三十一岁的她，皮肤相当好。她穿着牛仔裤和高领毛衣——可能还是她离开时穿的那套。当她看到弟弟从一个瘦削少年变成了穿着运动衫的男人，她感叹道："上帝啊，看看你！"她又对父亲说："好久不见了，是吧？"

她的行李箱简直一团糟，非常有第三世界的风范：有很多用绳子捆着的塑料编织袋，居然还有九条地毯，她是怎么想的？

原来她是想把地毯卖掉，卖给谁都可以。

她弟弟一直记得他们一起吃的第一顿饭，琪琪拿刀叉的方式很有欧洲范儿。她轻描淡写地嘲讽一切，好像什么荒谬的事在她眼中都不值一提。她取笑艾伦的眼镜，说他戴上它后像个书呆子；笑他是个大胃王，说他从八岁起就这么贪吃了——这听上去确实是她说话的腔调。别人问她，旅途是否劳累，她回答道："没什么大不了的。"

离家之前，她在一家书店混日子。现在她该靠什么过活呢？或许她还有些旧友？这个想法很快被证实了，因为没过多久她就和当年在布鲁克林大学结识的马西同居了。马西的母亲买下了她最大的几块地毯，琪琪用这笔钱在曼哈顿东村租了一个店面，店里陈列着她带回来的地毯和杂七杂八的东西：一套黄铜茶具、一些绿松石珠子，还有她穿过的带褶边的纯棉裤子。

这家店艰难维系了一段日子。弟弟总怀疑她沾上了毒品生意，因为在她回来之前恰好上映了《午夜快车》，在那部电影中，伊斯坦布尔大麻泛滥。琪琪很抵触这种电影，因为里面对土耳其监狱的刻画太耸人听闻了，用她的话说："又有哪个国家的监狱是美好的呢？你给我说一个看看？"

而后她的小店每况愈下，最终只能关门大吉。琪琪失业后靠做保洁为生，她显然对此兴味十足，相较之下，她的家人却感到有些尴尬。她的回应是这样的："这里的人连怎么打扫房间都不懂，也太神奇了，不是吗？"

到我出生时，她已经在一家专门帮人预约管家、保姆的小机构担任助理主任。她负责接听电话，在客户和工人各执一词时保持冷静中立，她扮演的就是这样一个角色。她既友善又严厉，总是能切中要害。

孩提时代的我并不怎么怕她。因为在我顽皮疯闹、撞倒椅子时，琪琪会非常严厉；但当我跟着父母去她家做客时，她又会专门为我准备小甜点（是我爱吃的棉花糖夹心曲奇）。有段时间她跟一个叫赫尔南多的人交往，他会陪我玩飞机，陪我满屋子疯跑。我喜欢去她家做客。

后来父亲告诉我，赫尔南多想和琪琪结婚。"但她天生不适合结婚，"他说，"你知道，婚姻并不总是十全十美的。"他和我母亲之间就有过不少分歧——这是他们告诉我的。

"琪琪总是像只鸟一样，"父亲说，"飞来飞去，没个定性。"

多老土的说法。

我在波士顿郊区长大，到了蔑视一切并以此为时尚的年龄时，我开始鄙视这座小镇的绿树成荫和一成不变。等我好不容易上完高中，立刻就搬到纽约去了。刚搬来的几年里，父母与我关系并不是很好。他们讨厌当初带走我的那个家伙，而我每次维护他的时候，总是会演变成对父母的谩骂。我真的不想继续上学了，他们却永远接受不了这一点。但琪琪坚持与我保持联系。她会打电话对我说："我有点渴，我们去喝点东西怎么样？"一开始我住在茵伍德，在曼哈顿最北边，要坐很长时间地铁才能到东村和她会面，但我搬到哈勒姆以后就好点了。四年前，我儿子出生时，琪琪送了我一个超级实用的婴儿礼包，连我自己都不知道需要用到这些。当她抱着奥利弗转悠的时候，他会静静进入梦乡。他是喊着"琪琪姑婆"长大的。

我们母子住在一个低收入保障性住宅区，但那是相对较好的住宅区之一，是我一个前男友非法留给我的。大小正好，采光很棒，我也喜欢我的邻居们。这里混居着各色人种，没有人会举报我违法租住。他们不再觉得我是一个偷偷潜入的上等白人。

那年十月底，电视上一直在呼吁大家为抗击飓风桑迪做好准备。奥利弗兴高采烈地拿着手电筒开开关关（这是个很让人不耐烦的游戏），看着我在窗户玻璃上用胶带粘出一个个巨大的 X 形。这幢楼的孩子们都情绪高涨、兴奋不已，尖叫着跑来跑去。当天空变成墨黑色时，我们都在不停地朝窗外张望。大雨倾盆而下，能听到风在嘶吼，一切都在黑夜里四处冲撞、砰砰作响，遮阳棚和树木都在经历浩劫。我一直在切换电视频道，以确保不错过任何报道。透过电视，我能看得比窗外更远。一个西装革履的广播员告诉我们，第十四街的爱迪生联合电力公司的变压器爆炸了！曼哈顿下城的灯全灭了！我努力向奥利弗解释什么是电，好像我自己很懂似的——永远永远不要把你的指头伸进插座里。而奥利弗想看些更精彩的节目。

九点半的时候，电话响了，是我父亲，他现在对我耐心多了，但并不经常打电话。他在电话里说："你琪琪姑妈那里停电了，你知道吗？她也许正坐在黑暗里。"我完全把她给忘了。她就住在东五街，在停电区。我保证早上就去看看她的情况。

"我可能要步行过去了，"我说，"她跟我相隔一百二十来个街区呢，你就不想问问我这边怎么样了吗？我们这边没出什么乱子。"

"奥利弗怎么样了？"

"挺好的。"

"别忘了去看琪琪，好吗？答应我。"

"我刚刚保证过了。"我说。

第二天，外面的天气好得出奇，苍穹万里、风和日丽。奥利弗不太情愿地陪我走了半个小时（是真的不太情愿），路边都是些被吹倒的树和散乱的枝丫。这时，一辆出租车奇迹般地停在我身边，我们和一位老人拼车去了商业区。路上交通灯都没亮，商店也没开门——街道看起来多奇怪啊。在琪琪住的那幢楼里，我带着奥利弗摸黑爬了四段楼梯，他拿着手电筒一会儿开一会儿关，快把我给逼疯了。

琪琪打开朝向漆黑过道的门，说："蕾娜！你怎么来了？"

当然，琪琪好得很。她有足够的蔬菜、罐头和储备好的大米——谁需要电冰箱这种东西？——她还能用火柴点燃炉子。白天她有日光，晚上她有蜡烛，还有几罐水可以烧开，用来洗洗涮涮。早在前一天晚上，她就在浴缸里放满了水。她问了我的情况，说："奥利弗，这很有意思，对吗？"

她觉得纽约人真是爱大惊小怪。她有一个晶体管收音机，这些骚乱就是通过它传递到她耳朵里的。"我自己倒是很享受一天的休假。"她说。她正在重读伊迪丝·汉密尔顿的《希腊精神》，还问我有没有读过这本书，我的阅读量也许是少了点。她打算当天晚上就着烛光把它读完。

"来跟我们待在一起吧，"我说，"奥利弗，你也是这么想的，对吧？"

奥利弗欢呼雀跃。

琪琪说她宁愿待在自己家里。"奥利弗，打个赌，你一定想吃点正在化成美味奶昔的巧克力冰激凌。"

我们跟着她进了厨房，那里有绘着彩漆的橱柜和老旧的地毯。我脱了夹克坐下，琪琪说："我的天，你又弄了一个新的文身？"

"别总纠结这个，你老是对我的胳膊大惊小怪。"

"我永远习惯不了它们。"

我身上文了一只鸽子、一只麻雀、一朵卷丹花和一段带叶子的树枝，它们都各有寓意。鸽子代表与奥利弗的父亲休战，比起博伊德来他就是个混蛋；麻雀是真正能代表纽约的鸟；卷丹花意味着勇敢，我年轻些的时候一点都不缺乏这种精神；树枝指代橄榄树，为了纪念奥利弗的到来。[1] 我曾经试图

---

[1] 在英语中，橄榄树和奥利弗是同一个单词。

向琪琪解释，这和地毯上的花纹也没什么不同。她反问道："你是地板吗？"她指责我的文身是一种自残，是覆盖在天然皮肤上的一种骗人的玩意儿。她凭什么这么说？

琪琪很喜欢伊斯兰教的观点。我也许是这个家族里唯一知道她曾对它多么狂热的人了。她曾经试着让我阅读阿威罗伊佶屈聱牙的著述，还有另外一个叫阿维森纳的家伙的书。只有我的姑妈会相信，只要我喜欢，像我这样的人也可以涉猎十二世纪的哲学。她从没想过这会是个问题。

"奥利弗，我的孩子，"她发话了，"如果你吃不下就别硬撑了。"

"我爸爸很担心你。"我告诉琪琪。

"我已经打过电话了。"她说。原来她的电话依旧能用，因为她用的是老式座机，不是数字电话或套餐捆绑电话。

今天早些时候她出去过一次，她住的街区有些人家里没停水，但她家停了。琪琪给奥利弗示范怎样把满满一壶水倒下去冲马桶，他简直看得入了迷。

"真像变魔术一样。"我说。

我们离开时，琪琪在后面追喊："见到你们总让我很高兴，你知道的。"我心想，我们赶了那么远的路，她该多表扬一下我们。

"你也许会改变想法，来跟我们住一起的。"我回头喊道，然后走进了黑暗的过道。

我想让她跟我一起住，其实另有原因。我不是那种总指望别人帮忙带孩子的妈妈，但我那时候需要一点帮助。

我的男友要在雷克斯岛监狱服刑三个月。整个十月，我每周都会去看他一次。他是因为卖了五盎司大麻被关进去的，我的探视对他很重要。我计划等地铁和跨桥的公交车都恢复通车以后，再去看他一次。但带着奥利弗很难办，他不是博伊德的儿子，而且外出期间没有玩具，需要花很多精力照顾他。

我爱博伊德，但我不会说爱他胜过之前交往的所有人。幸运的是也没人问过这个问题，连博伊德都没问过。在他看来，人没有必要一直强调自己的感受，有些真心，又能坚持展示出自己的真心，这就足够了。每个星期我都看到他坐在那间会客室里。这个年轻的黑人穿着难看的囚服，面带愁容，谨小慎微，缓缓露出淡淡的微笑——这幅景象总是能够触动我。当我与他拥抱时（轻轻拥抱是被允许的），我会想：这还是博伊德，这个人就是博伊德。

奥利弗有时非常烦人，他会因为没完没了的排队而烦躁，也会因为不能带上他的巨型塑料恐龙而发怒。有时又会兴奋过头，缠着博伊德不停抱怨那些在公园里乱丢沙子的孩子。

博伊德会说："你又遇到不少新鲜事，对吗？"其间我正想问博伊德这个礼拜过得好不好，为什么不好。我只有一个小时来与他交谈，同时搞定这两个人并不是件容易的事。

飓风过去的第二天，我接到琪琪姑妈的电话。"我今天下班后能过来洗个热水澡吗？"她说，"我会自带毛巾，我有一大堆毛巾。"

"我们家的洗澡间都快迫不及待了，"我说，"奥利弗也会把他的小鸭玩具借给你的。"

"琪琪琪琪琪琪琪琪琪琪！"她进门时，奥利弗大声喊道。也许是我事先让他太亢奋了，我们已经把家里收拾得干干净净。

姑妈从浴室里出来的时候，又穿上了宽松长裤和毛衣，头上包着毛巾，脸被蒸汽蒸得发红。我递上一杯红酒。

"家里被断了暖气和水的人需要一些酒精。"我说。我们坐下来吃肉饼，我很擅长做这个，还有大蒜拌的土豆泥，奥利弗已经学会了吃这东西。

"太丰盛了，"她说，"你知道苏丹王会举办持续两周的宴席吗？"

奥利弗对这个话题兴趣十足。"我们这场宴席可以持续得更久，"我说，"你应该住一晚，或是明天再过来。我是认真的。"

明天是我的大日子——这是姓氏首字母在 M 到 Z 之间的囚犯接受探视的日子。

琪琪说："也许那时候又有电了，有这个可能。"

在雷克斯，博伊德和其他人在飓风期间都被关了禁闭，以免被急流冲走。雷克斯有自己的发电系统，建筑也都在岛的中央，地势很高，根本冲不走。别妄想靠游泳逃离这个地方。

"你知道我那个叫博伊德的男朋友吧？"我说。

琪琪一边盯着盘子，一边听我把事情一一道来，包括这几个星期的探视。但有奥利弗在，我只能拣能说的说。她总算嚼完了口中的食物，说："我的天，当然没问题，我下了班就过来。"

当我俯身拥抱她时，她似乎有些尴尬，说："得了吧，也不是什么大事。"

琪琪多酷啊，好像我说什么她都不会震惊。当然我也不会去挑战她的底线，也没必要提醒她别告诉我的父母，琪琪才不是爱告密的人。没准她自己也有一段秘密的新恋情呢，她可不是那种会把自己的事情一一汇报的人。无论他在哪儿，他们至少没亲密到能共享洗澡间的程度，又或许他是个已婚男人，毕竟已经这个年纪了。咦，我想到哪儿去了？

第二天琪琪过来了，比原定的时间迟到了四十五分钟，我有好几次已经不抱希望了。她急匆匆冲进门，说道："别问我这该死的地铁怎么搞的。去吧去吧，快走。"

她满脸通红的样子看上去更年轻了，她曾经一定是个可人儿，至少是一个有嬉皮范儿的少女。奥利弗爬到她身上，她则在催促我："你还不赶紧走？"

那天才刚恢复运行的地铁确实晚点了，又挤到不行，但皇后广场附近开往雷克斯岛的公交车却和以往没什么两样。开了几站之后，除我以外的所有白人都下车了。在我们的车缓缓开向通往雷克斯岛的那座桥时，我读起了《人物》杂志。爱情多有魔力啊，它可以把名人们的生活弄得一团糟。再看看坐在过道对面的女孩，又是梳头又是照镜子，把一侧的几绺头发拨拉到另一边，让它看上去垂落得更规整。我想说，姑娘啊，他自己胡作非为蹲了监狱，你还在担心他会不喜欢你的头发？

当然，我也抹了满头的摩丝，还涂了口红。但我有分寸，不能穿得太暴露，衣服不能有裂口，面料不能透明——他们有规定：探视者必须穿内衣。

可怜的博伊德！我排队把外套和拎包存进储物柜，把身份证展示给警卫看，接受搜身，排队等雷克斯监狱的公交车，再次被搜身，最后我坐在房间里等待着他。没带着奥利弗一起，这种感觉怪怪的。等候的时间太长了，又不能随身带一本书来打发时间。然后我听到点到了博伊德的姓氏。

这些囚服谁穿都不会好看，但当我们拥抱时，我闻到了肥皂味和他的体味，我为他久违的怀抱感到难过。"嗨！"他说。

"我不是故意来这么晚的。"我说。

博伊德想听听这次飓风的事，想知道谁遭了殃。

琪琪姑妈成了我的谈资："她囤着蜡烛、一壶壶的水、一堆汤罐头和几袋米，她无法理解为什么大家会为此惊惶。"

他说："没什么事能让她那样的老人家感到沮丧，她真棒，这是我这一星期听到的最好的消息。"

我继续谈论琪琪的勇敢。小时候，她教我如何正确地爬树，而我妈妈则只担心我会摔破头。

"我不知道你还会爬树，这事得告诉克劳德。"

博伊德的朋友克劳德远比他更喜欢运动，他最近在某家健身房迷上了攀岩。博伊德自己则是个宁愿待在沙发上看电视的懒人，只是身形比较高瘦而已。他现在有没有变胖呢？有一点吧。

"克劳德对这项运动简直入了魔，还让蕾奈特也一起参加。"蕾奈特是克劳德的妹妹，也是博伊德在我之前的最后一任女友。

"他说，女孩也能玩好这项运动。"

"他什么时候说的？"

"他们上周来过，所有人都来了。"

什么所有人？只允许三个人进来探视。"蕾奈特也来了？"

"麦克斯韦也在。他们是来表示支持的，我很感激，你知道吗？"

我心想：你当然感激涕零啦。我试着不要钻牛角尖，又不是说她能躲在墙角和他快速来上一发，尽管有过这种风流艳闻，但这纯属虚构，根本不可能发生。

"克劳德还留着一头如丝般润滑的长发吗？"

"是的，看上去像须根蔬菜似的。他应该去我的理发师那儿。"

如果非要用蔬菜来比喻的话，监狱里的理发师让博伊德看上去像颗洋葱。

"他们周六还会来。你周六不来是吧？"

我从来不会在周六来，我瞪了他一眼。

"你要是来，"他说，"我就让他们别来了。"

一无所有的人想抓住所能触及的一切，对此无法苛责。我在坐车回地铁站的路上一直在想这件事。不，我当然可以责怪他。我每个星期要花一个半小时去那儿，再花一个半小时回家，就是为了让他热情款待他的前女友？我在"大发雷霆"与"别找麻烦"两个念头之间摇摆不定（我倾向于后者）。但为什么博伊德要告诉我？必要的时候，他是个可以守口如瓶的家伙。

他认为没有必要隐瞒，因为我是一个大度的人。更让我震惊的是，这件事开始让我感到痛苦。我能够想象博伊德用他那随意的、酷酷的方式和蕾奈特打招呼说，真没想到你会来。蕾奈特则用那种看似柔和、实则强硬的姿态说，好久不见了。但博伊德究竟有什么好，值得我受到脑海中这幅画面的折磨？

我坐在公交车上感受这份痛苦。我想要博伊德来安慰我。他擅长这个。在托儿所的混蛋说你家孩子鞋太小了，伤害到你的自尊心时；在你买了一台漂亮的电视却发现多付了钱时；在你没犯什么错却因为用完了病假而丢了工作时……博伊德可以让这些事显得滑稽有趣。他会模仿那些从没见过的人，他会提醒你，这只是关于人类烦恼的滑稽戏而已，屡见不鲜，并不只有你碰到过。

我回到公寓时，奥利弗已经在他床上睡着了——难道琪琪给他下药了吗？她正在客厅看电视上播出的烹饪节目。

"你居然看这种垃圾节目？"我说。

"探视得怎么样？"

"一般般。厨艺大战谁领先了？"

"那个不该赢的家伙。但我喜欢马库斯·萨缪尔森。"他是那个烹饪比赛的裁判，恰好在我们哈勒姆开了个餐馆，这位名厨出生于埃塞俄比亚，又高又帅。琪琪的眼光不错。

"奥利弗洒了很多酸奶在地上，但我们弄干净了。"她说。

我想喝点酒来麻醉自己。家里能找到什么呢？我在厨房找到一瓶开了很久的博若莱红葡萄酒，倒了两杯。

"他什么时候出来？"琪琪问。

"他们说一月份，他表现不错。"

"他有你在身边。"

确实。我的一次次探视，我们在那个大会客室每周一次的私密谈话，使得我对他的感情与日俱增。我们顶着尴尬创造了自己的谈话小王国，在里面畅所欲言，周围上演着别人家的好戏。我们和奥利弗从贩卖机买零食，伴着我们的故事下咽；有时候奥利弗会惹得我们傻笑不已……这些时刻都很珍贵。我很欣赏博伊德每周会面时的态度，闲闲地坐在塑料椅子上，好像我们是在哪儿消遣时间，转瞬间就会去往下一个更棒的地方。这确实是事实。

"如果你不介意，我想问一下，你离婚的时候，"我对琪琪说，"是不是因为有人出轨了？"

"欸？"琪琪说，"你怎么突然想起问这个？"

"有个叫蕾奈特的女人总是去看望博伊德。"

琪琪想了想，说："也许是你想多了。"

"当年，你为什么要离开土耳其？"

"到该走的时候了。"

我欣赏琪琪那种让你别管闲事，却又留给你无限遐想的态度。

也怪我运气不好，第二天傍晚电力公司就恢复了运作，琪琪家又通电了，电灯亮了，冰箱制冷了，水管里有水了，暖气片里也汩汩冒出了热气。我打电话给她，恭喜她的生活恢复正常。

"正常两个字的意义被高估了。"她说，"我下周又要忙了。"

"我也是。"我说。

奥利弗很少受过别人的照看，白天我在一个兽医所当接待员，这工作极度单调乏味，工资也很低，唯一的福利是能看到可爱的狗狗。他则待在托儿所，晚上我去看朋友或是博伊德时，就带他一起去。以前我和博伊德约会时总是带着他，博伊德有个表哥，他会照看奥利弗。

"奥利弗要向你问好。"我对我姑妈说。

"我爱你，伟大的琪琪姑婆！"奥利弗说。

这没有让她感动到自愿再来照看他，我也认为最好不要这么快再提这种要求。

之后去雷克斯岛探视那次，奥利弗表现得很不错。第一道大门的警卫还和气地跟他开玩笑。因为他是个孩子？我无从知道，但我很高兴。

天气变冷了，他穿上最喜欢的蜘蛛侠毛衣，博伊德说这件衣服很帅。

"你妈妈看上去也很美。"博伊德说。

"比蕾奈特还美吗？"

我本不想说这么别扭的牢骚话，但就这么脱口而出了。我被吓了一跳，我并不像自己想象中那么尽善尽美，是吗？

"她跟你根本没法比，"博伊德说，"差远了。"

他说得缓慢又严肃，还摇了摇他的"洋葱"头以示强调。

接下来的时间过得很愉快。博伊德告诉奥利弗，他现在已经有超能力了，能在天花板上结网——"你可以从我们头上飞过去，刚好降落在坏蛋们的头顶上。"——奥利弗被逗得咯咯笑个不停，分贝高到我不得不下禁令。

"知道我想念什么吗？"博伊德说，"嗯，那种事我当然想，但别把我看成那样，我也很想念我们去溜冰的时光。"

确切地说，我们去过两次，在中央公园租了溜冰鞋，摔到屁股开花。有一次我摔下来的时候还差点压扁了奥利弗。"你是不是四处吹嘘说，你是下一个冰球巨星？"我说。

　　"我希望在我出去时那里还有冰。"他说。

　　"会有的，"我说，"快了，你很快就会出来的。"

　　琪琪开始担心起我了，她频繁地给我打电话，说什么："你觉得奥巴马会获得这届国会的一致支持吗？对了，博伊德怎么样了？"我告诉她我们还在一起，这就是她想知道的。在把博伊德带回来跟他多上几次床之前，我怎么可能考虑分手？如果我要跳过床上这部分，那我来来回回坐公交究竟是图什么？

　　"你不会想让我在这种时候抛弃他吧。"我说。

　　"我想让你小心点。"她说。

　　"他还算不上是个罪犯，"我说，"他只是一个小小的酒保，不是什么危险人物。"我没必要提醒她向我父亲保密。

　　"任何人都可能被关进监狱，这个我知道。"琪琪说，"希克梅特在土耳其蹲了十三年牢房。"

　　我以为她说的是哪个老情人，但她指的却是一个著名诗人，这个著名的共产主义诗人早在她去土耳其之前就去世了。他待过的某个监狱离琪琪的住处很近，有人指给她看过。得知她对监狱问题很开明，我很高兴，琪琪的观念比很多人要超前。

"所以，我能不能问一下，"我说，"你在土耳其的时候到处都是毒品吗？"我现在还真是心直口快。"有没有人在售卖浓缩大麻哈希或是别的什么？"

"我周围倒是没有。我讨厌你们看的那部电影。其实猖獗的是走私活动，从古代遗址偷运些文物什么的。他们会横跨土耳其，从东部把东西带回来，或者从伊朗过境。那些东西真的很漂亮。"

"人们挣钱的手段真是让人吃惊。"

"如果奥斯曼想做那种事，就不会当农民。顺便说一句，就是农活吓跑了我。"

我很高兴她告诉我这个。

"结果他在五年以后也放弃了务农，"她说，"这是不是很讽刺？"

"确实。"我说。

"我还在跟奥斯曼通信，他写信是把好手。"

这可是爆炸性新闻。他们仅仅是通信吗，内容是不是很劲爆，他也发电子邮件吗？当然，我不禁开始想：也许你们俩应该复合。想看到世上的一切都成双成对，这是人类的本能，不是吗？

"他现在的老婆比我年轻多了。"琪琪说。

十二月的时候，为了纪念博伊德即将出狱，我弄了一个新文身。很漂亮——一个开着门的鸟笼和一行飞向我手腕方向的小鸟。一些人会精心设计他们的文身，让它们看上去协调一致，但我的都是零零碎碎做的，就像我的生活一样，但看上去还不错。

刚做完一星期，还肿着的时候，琪琪就注意到了它。当时她给我们做了晚饭（汉堡包烤得太老了，但奥利弗很喜欢），我正在洗碗，力求不让文身沾到水。太早碰水不利于恢复。

"当博伊德成为过去式时，"琪琪说，"你就只剩下这块墨迹，再也甩不掉了。"

"这是我的经历，"我说，"我的手臂就是一本相册。"我的第一个文身——那朵卷丹花是在我十六岁的时候做的，我和男友私奔，当时他顺走了他父亲的卡车，把我带到缅因州一个寒冷的海滩待了一星期。我喜欢那个文身。为奥利弗文的橄榄枝是在他出生一个月以后，那时我想提醒自己开心一点。

"万一博伊德不喜欢这个文身呢？"

"这是为我自己做的，"我说，"所有这些都是我的。"

"别把自己弄成一块地毯了。"她说。

"恕我直言，你真的不太了解这个。"我说。

我为什么要接受一个夜夜抱着亚里士多德的书独自入眠的女人给我的建议？她能告诉我什么有用的东西？而且她正在以肉眼可见的速度老去，她的眼睛已经有些斜视，短发剪得紧贴头皮。

博伊德从雷克斯岛出来的时候，天下着雪，他的表哥麦克斯韦去接他，我正在家陪奥利弗。他不想让我和奥利弗看到那时的他，不想让我们看到他拎着一袋东西，拿着令人难堪的释放批文，接受狱警的检查。我见到博伊德时，他正在附近的咖啡馆里，和麦克斯韦一起吃奶酪汉堡，看上去很快乐，说起话来油腔滑调。奥利弗激动地扑到他身上，他的小雪地靴踢来踢去，把博伊德的裤子都弄脏了。我也轻轻扑到他身上，"别把我撞倒了，"博伊德说，"不，还是把我撞倒吧，放马过来。"

"不用对他客气。"麦克斯韦说。

他才出来一小时，看上去已经比在监狱里好多了。"难以置信，我居然在那儿待过。"他说。他喂薯条给奥利弗吃，后者正假装自己是一条狗。博伊德的另一只手搭在我膝盖上。现在我们可以干那事了。"嘿，小妞。"他说。窗外的雪让一切都染上了银色的光辉。

他和我待在一起的第一晚，我们好不容易才在另一个房间把奥利弗哄睡。当我们终于可以贴近彼此的时候，我简直饥渴到要发疯。那件让我们渴望了很久的事，是怎么做的呢？我们还知道怎么干那事吗？——我们知道，我们相当知道，尽管动作有些笨拙和停顿，还有些可笑的犹豫不定。我原以为博伊德会很饥渴，甚至会很粗鲁，但他没有。他小心翼翼，迂回婉转，逡巡往来，在正式进入主题前还玩了一些可爱的小花样。在我看来，他在尽力让这个初次亲密接触变得特别一些，努力取悦我。我没有料到他会这样，看吧，我就是这么没心没肺。

在兽医所上班时，同事们取笑我蔫头蔫脑、趴在桌子上打瞌睡。他们都知道我的男朋友出远门回来了。打个哈欠都会引发所有人的哄笑。"看看她走路的样子，腿都软了。"一个技工说。这个办公室的人真猥琐啊，这帮整天和动物打交道的家伙。我只说了一句："笑吧笑吧，我知道你们快嫉妒死了。"

我有些心烦意乱，思绪飘忽不定——要和博伊德一起开一家餐馆吗？要和博伊德一起跑去泰国吗？要和博伊德一起再生个孩子，也许生个女孩，我们该叫她什么呢？奥利弗会喜欢这个妹妹的，是吗？我边在电脑上工作边走神，只能听任大家嘲笑我的困倦。

监狱并非总能让人弃恶从善，但就博伊德而言，它让他更加安静了，更少与人发生冲突。他必须重新找一份工作（缓刑条款规定，他的工作必须远离酒精），这对本性潇洒不羁的他来说，是一个巨大的挑战。他开始在街区北边的一家餐馆当服务生，我为他感到骄傲。对他而言，这显然是一种屈就，他心不甘情不愿，但还没到深恶痛绝的程度。到了晚上，他的头发闻起来有煎炸的油味和烤肉的烟味。他实际上并没有和我同居——由于他自己的公寓没了，他暂住在表哥家——但他经常在我家过夜。我喜欢他的表哥麦克斯韦，他帮忙照看过奥利弗，但他晚上总想把博伊德拉去夜店。我年轻些的时候和其他人一样喜欢去夜店，但我有了奥利弗之后，这项活动就失去了吸引力。我能够想象，夜店里穿得衣不蔽体的女孩们对博伊德投怀送抱，但事实上这还不是真正的问题。问题是，博伊德收入微薄，麦克斯韦正计划着给他增收。有那么多愚蠢的赚钱方式，他们非要从弗吉尼亚走私香烟到纽约，就为了利用税收差额赚钱。"你疯了吗？"我说，"你想违反缓刑条款吗？"

　　"别大吵大嚷的。"博伊德说。

　　"跨越州界贩卖烟草，你疯了吗？"

　　"这事已经定了，"博伊德说，"别说这个了，你总是有这样那样的意见。这个话题到此为止，就当我从来没跟你说过。"

我无法忍受他居然让我闭嘴,我大喊大叫,他也翻了脸,那晚很早就回家了。"我要冷静一下,这要求不过分吧?"他什么时候会回来?好像我很关心一样。

"我才不在乎。"我说。

第二天,我和琪琪一起在我办公室附近吃午饭。这些天她都尽可能地关注着我,还请我吃了一盘混合沙拉三明治。我跟她说起,我在工作中遇到一条狗,它懂三种语言。你可以用英语、西班牙语和手语指挥它坐下、躺下和讨东西吃。"是比特犬和斗牛犬的串种,它们很聪明。"

"你知道我是怎么想的吗?"琪琪说,"我认为你应该换个地方生活,在那儿学一门新语言,每个人都应该这么做,真的。"

"以后再说吧。"我说。

"我在伊斯坦布尔还有一个朋友。你和奥利弗可以去她那儿小住一段时间。那里的文化相当适合孩子们成长。"

"我不这么认为,我的生活在这儿。"

"不一定是伊斯坦布尔,那是适合我的地方,不一定适合所有人。还有其他地方,如果你想离开一段时间,我可以给你一些资助。"

我丝毫不为所动。

"感谢你的好心。"我说。

"如果你不这样做，将来会后悔的。"她说。

她想让我离开博伊德，反正这也是自然会发生的事。我同时感到了感动和侮辱。随后我试着想象自己在一个新的城市，带着奥利弗去罗马的公园，坐在长椅上和当地人有趣地闲聊，用意大利语谈笑风生。

我的手机"叮"的一声打断了我的想象，提示我收到一条短信。"抱歉，"我对琪琪说，"我得看一下。"是博伊德，我兴奋地大叫："天啊！是博伊德发来的！"短信里说了"对不起，宝贝"，以及一些显然不能读给琪琪听的内容。但我高兴得咯咯笑，都快高兴死了——我能感觉到自己的脸都涨红了。这个博伊德，只要他愿意，他可以变得多有趣啊！

"抱歉，"我说，"我要赶快回复一下。"

"请便。"琪琪说，语气不太高兴。

我必须集中注意力打字，这几分钟时间里，我能听到琪琪坐在对面叹气。我知道我看起来怎么样，太小女生气了，因为博伊德的一点点小举动就小题大做。琪琪为此不高兴，她一点都不了解博伊德，但我了解。此刻我脑子里能清清楚楚地浮现出他的样子，他的甜蜜低语，他的冷嘲热讽，他的盲目自信，他在我心里激起的阵阵柔情及那突如其来的爱到心痛的感觉。我完全意识到（或者说那时我才意识到），我和博伊德的生活有些部分是失真的，如果太勉强探求，感觉就不对了。我不想太勉强，我希望我们就按现在的样子走下去。一个人可以顿悟很多事情，我可以清醒地知道这些，却仍会被他感动得欢喜雀跃——他在我脖子上亲吻的样子，他哼唱着最动听的曲子的样子，他和奥利弗一起玩耍嬉闹的样子。然后我意识到，我也许还是会帮他走私香烟，甚至在我还没真正下定决心的时候就会参与其中。

如果琪琪知道我在想什么，她一定会难过得叫起来。我会帮他把烟装进车里，点数现金，会让他把走私的香烟都藏在我家里。因为有什么在驱动着我，因为博伊德对我意义重大，因为这其中有一种禁忌的美。

我有我的生活，而琪琪有什么呢？她有一份在富人和穷人之间倒手买卖的工作；她有一些能供她自我陶醉的书；她有她传奇又久远的过去。我爱我的姑妈，但她一定知道我从来都不会听她的话。

给博伊德发完短信，我抬头看见琪琪在给她盘子里的菜上蘸料。"鹰嘴豆泥味道不错。"我说。

她说："据说萨拉丁就吃鹰嘴豆泥，在十二世纪，你知道他，对吗？他是一个抗击十字军的库尔德人。"

她知道很多东西，正等着我做出点该死的努力去懂得多一些。萨拉丁是谁来着？与此同时，任何人朝我们这张桌子瞅一眼都能看出，我们正处在一个尴尬的时刻，我的姑妈和我都不可避免地陷入了对对方的同情里，只是方式不同而已。这种情绪怎么能避免得了呢？

2

博伊德远在雷克斯岛的那三个月里，我一直靠想象度日。当然不能忘记那些性感的时刻，谁能忘记那种体验呢？他把手放到我身上的样子；他闭上眼睛，脸因兴奋而变形，喉咙里咕哝着夸我有多棒的样子。因此当真正的博伊德回到我身边后，那份真实起初让我感到一些无措。它不再是抽象的，里面多出了很多对话。我等了那么久，仅仅是多了一个说话的功能？

他的话题不外乎以下几种：奥利弗用他的恐龙砸我是不是太过分了？蕾哈娜的嗓音是不是比碧昂斯更动听？餐馆里的人为什么从来做不到点餐的时候带点儿脑子。

博伊德不喜欢他在餐馆的工作。但当酒保的经验让他有一些特殊手腕，使他免遭顾客的为难，他还得表现得十足殷勤，让他们从害怕变为对他趋之若鹜。我最不想看到的就是博伊德放弃这份工作，这也是他的缓刑官不想看到的。

我期望这个香烟走私计划就此搁置，我说："你看，你自己都戒烟了。"过去一年他费了很大气力戒烟，简直像噩梦。他会变得情绪化、暴躁易怒，坚持一个月就放弃了，在接下来几个月里抽烟抽到昏天黑地，然后又开始戒烟。他不停地用戒烟贴，为了分散注意力大嚼硬糖和软糖，差点毁了他的牙齿。现在他却想着要去弗吉尼亚装一车万宝路回来。

我必须小心翼翼，不能说他表哥麦克斯韦的坏话。如果我说了类似"麦克斯韦点子太多了"之类的话，博伊德会狠狠瞪我一眼。

一天早饭时，奥利弗喋喋不休地说他在托儿所的朋友赫克托捉弄了他，他们正在玩卡车，他却拿着它跑了。博伊德说："我觉得这个叫赫克托的家伙不配当你的朋友，朋友才不会做这种鬼鬼祟祟的事，你可不要耍滑头，要对朋友诚恳一点，听到了吗？"

我觉得这个对四岁的孩子来说太难理解了，但奥利弗郑重地点了点头。

两周以后，博伊德对餐厅的感觉好了一些。他会给我讲番茄酱大战的故事，说好几桌的人都在抢同一瓶番茄酱，他为了缓和他们的情绪，偷偷地把它递来递去。他给所有的顾客起外号，说"总得找点乐子"，说顾客们喜欢他这点，总想他来为他们服务。

缓刑委员会批准的博伊德的住处是麦克斯韦的公寓，我不觉得有人会把这当回事儿，但博伊德喜欢把和我一起过夜称为"偷溜过来"，这说法听起来很性感。一天半夜，他从麦克斯韦家里给我打电话，把我从睡梦中叫醒，我能听见背景音里那些人在说话和嬉闹。"大家都要出去，但你知道的，我想去你那儿，"他说，"我能过来吗？"

我当然知道我想要什么，等我死了我有的是时间可以睡觉。二十来分钟后，他的钥匙在门上响起，这声音几乎带着色情——"咔嗒"一声插入，然后转动。我立刻出现在门口，手指竖在嘴唇上示意，但他知道要悄悄地，不能吵醒奥利弗。我们像做贼一样走进卧室，我亲爱的秘密恋人，他悄悄地一点一点关上门。

紧紧拥抱在一起——我曾偷听到博伊德告诉克劳德，我们最近的关系有多"紧密"，这句话指的就是这种力道，这种有力又长久的拥抱。我们抱了一会儿，然后博伊德转身上了床。他的动作多迅速啊！一眨眼就脱掉了所有衣服。

我那时像个模范女友一样每周去雷克斯岛拜访，只是想让他快点出来。那时候只觉得，出来就已经很好了。我从未设想过，他出来以后我们会进入一个全新的阶段，也完全没有想到会有如此幸福的体验。

第二天早上，我起床为奥利弗做早饭，打算送他去托儿所。这时博伊德正躺着，手臂交叉挡在脸上，还在沉睡。但奥利弗这家伙一醒就会大吵大叫，尖叫着说自己讨厌这双袜子那双袜子。等我再回去看时，博伊德已经坐在床上，紧盯着我，说："希望昨晚那些出去玩的家伙找到的约会对象，能抵得上你的百分之一。"

如果一整天都在回想这样一句话，会显得有些异样。我为这句动听的情话兴奋不已，情绪根本无法抑制。我有个朋友叫萨宾纳，总说"我们为什么总在谈论男人"，即使是她，听到这句话时也笑着夸了他一句。当我和琪琪姑妈通电话时，我差点就与她分享了这段对话，但我的理智阻止了我。

"猜猜我昨晚重读了什么？——马可·奥勒留。"琪琪说。

"打死我也猜不到。"

"你会喜欢他的。他一直在提倡冷静、理性，捍卫你的精神世界。你应该读一读他的书，斯多葛学派的学说很有意思。"

博伊德总说我擅长保持冷静。

我说："我够冷静了，不需要向他学习。相反，这个人可以向我学一学。"然而他已经死了，死人是不能学习的。

"斯多葛学派这些人，就像超理性的佛教徒。塞涅卡说，我们每一天都在死亡。爱比克泰德说，人都是一点灵魂载负着一具尸体。"琪琪说。

"出什么事了吗？"我说。

"没什么事，"她说，"一切都很好。"

与此同时，博伊德这些日子却过得很惬意。星期一的时候，我们想去溜冰却没去成，因为现在已经太暖和了。他把我和奥利弗带到布鲁克林的一间咖啡馆打发时间——就是我的朋友萨宾纳工作的那间。我们过了一个威廉斯堡式的下午，这完全不符合他的作风，但他安之若素：两片面包之间几乎没什么可吃的帕尼尼，萨宾纳对于没钱的抱怨，像拿破仑一样把头发向前梳的人（我讨厌那种发型），跑来跑去像个小疯子的奥利弗。

我们到家时，我感谢了博伊德的耐心。"没什么，别担心。"他说。

直到有天晚上，我把奥利弗留在邻居家，和麦克斯韦家的那帮边缘人碰上面（一堆男人和少数几个女孩），我才明白是什么改变了博伊德的态度。谁都能看出来，他现在越来越把坐牢当成炫耀的资本，这种自得让他拥有了一种特殊气质。我应该知道的，或许我早就意识到了。他们都在讨论要弄辆车开去弗吉尼亚：他们能弄到一辆卡车吗？需不需要弄辆货车？后备厢够大的小汽车能凑合吗？从哪儿能借到车？

"得了吧，你根本就开不了车。"这话我没说出口，因为他在朋友们面前很爱面子。所有人都知道他的驾照被吊销了六个月——涉及毒品犯罪的人都会受到这种处罚，即使他这种小剂量的，况且没有特殊许可他也不能走出州界。说一千道一万，这家伙就该老老实实待在原地。

很多纽约客从来没有学过开车，这件事的总策划麦克斯韦也是其中之一。克劳德说："你知道的，我会开车。"

他的妹妹蕾奈特（她怎么会在这儿）说："整个街区都知道，你是这个世界上最糟糕的司机。"

"好像你开得比我好一样。"他说。

他们成不了事的。这些人和他们的女朋友只是一起凑了点零钱，根本不值得严肃对待。在我看来，即便一包香烟在弗吉尼亚只要交三十美分的税，而在纽约要交五百八十五美分，那又怎样？他们根本不应该动这个念头——我把这话大声地说了出来。

"你真的觉得这样能躲开弗吉尼亚高速上的警察吗？"我说。

"开车怎么了？犯法吗？"克劳德说。

"你开过卡车吗？"麦克斯韦问我。

事实上，我开过。高中时代，我男友的父亲是承包卡车的，就是那个和我一起逃到缅因州的男孩，我们都喜欢我开车时那种可笑的样子。我不该告诉他们这个秘密，但我说的却是"当然"。

这让他们大笑了起来。他们都看着博伊德，是他把我带到这儿来的。其他女孩才不会千里迢迢跑去雷克斯岛，而我却坚持留在了他身边。麦克斯韦的朋友威利正与一个漂亮的多美尼加人交往，她是多个人种的混血，还有一个从布朗克斯来的金发家伙，他是某个人的好兄弟。不管怎么说，他们所有人都习惯了我的存在。蕾奈特从没喜欢过我，但我不认为她对我的恶意出于种族。

然后，有人想起来打听弗吉尼亚的燃油费，也是，卡车难道不是众所周知的"油老虎"吗？克劳德忙于在他的手机上查资料，他们对汽车一无所知。

蕾奈特说："等几个月吧，那时博伊德就能开车了。他做事，我放心。"

博伊德微微笑了一下。人人都喜欢恭维话，不是吗？

我打电话给父母，问他们知不知道琪琪发生了什么事情。她年纪并不大——六十来岁在今天看来完全不算老年人——为什么她会口口声声谈到死亡？

"琪琪什么也不告诉我，"我父亲说，"但她在见她的朋友帕特之前总会有点神神道道。她们相识很久了，她也许是觉得时光飞逝吧。"

帕特是她在土耳其的老朋友，每个夏天她们都会一起去科德角，在沙滩上消磨一下时间。她们维持这个传统已经有三十年了。

我母亲说："我打赌，她们只会谈论一下前夫，说些过时的八卦。奥利弗怎么样？你从来不跟我们聊奥利弗的情况。"

"琪琪的身体没问题，对吧？"

"你总是为她操心，你担心过我们吗？"母亲说。

奥利弗开始问我是否可以给他生个兄弟。"要哥哥还是弟弟？"

"都要！"他说。他在托儿所的朋友赫克托拥有一个奥利弗梦寐以求的、乱成一团的大家庭。

"这想法不错。"博伊德一边说一边把手放到了我的臀部。

我又是感动又是惊讶，眼泪都快要下来了。然而这确实是"很错"的想法。

"我没有兄弟姐妹，"我对奥利弗说，"博伊德有一个兄弟在军队，从来不见面。"

"不要只说这些负面的例子，"博伊德说，"看看克劳德和蕾奈特吧。"

我一点也不喜欢蕾奈特，但只要有人动她哥哥一根手指头，她确实会挺身而出。有一次，克劳德在商店偷一件外套被捕了，就是蕾奈特去警察局帮他解决了这件事；蕾奈特被开除、刷爆了自己的信用卡时，也是克劳德养活了她。他们在一起时常常会斗嘴，克劳德会让她闭嘴，蕾奈特则会骂他混蛋，这就是他们习以为常的相处方式。

奥利弗说："每当我想要什么的时候，总是会落空。"

到了四月份，麦克斯韦说起谁的姐夫要把他的旧福特金牛座低价卖给他们。知道那个小家伙后备厢有多大吗？比你想象中的要大多了。现在他们只要找到愿意投资这辆车的金主就可以了。谁手头有钱？我有私房钱吗？

麦克斯韦对我说："如果你和我们合伙，我们就一起发大财。我知道你和猫狗们相处得不错，但谁都能看出来，你需要赚多一点钱，你还有奥利弗要养。"

说话时，我们正坐在某个操场边的长凳上。奥利弗正在爬一个设计得矫揉造作的现代攀爬架，我留心着他和其他孩子，确保没人在梯子上推来推去。麦克斯韦、克劳德和博伊德这帮人专门在我常去的地方候着我，他们简直无所不用其极。"也许你没有钱。"——我确实没有。麦克斯韦说："但你可以从其他方面帮助我们，比如把这辆车记在你名下，事情就会好办得多。只要你的名字就行了，很简单。"

"让我考虑一下，"我说，"行吗？"

"当然，"麦克斯韦说，"别有压力。"

晚些时候在家里，博伊德躺在沙发上看电视，头枕在我大腿上，他说："如果你不情愿，可以拒绝。"

"那我还是拒绝吧。"我说。

这句话就这样自然而然说出口了，我不知道它会如此轻车熟路地从我嘴里蹦出来。我有我的自由，就是这样，而且我也不怕博伊德。

"雷克斯岛监狱那种地方，我已经去够了，"我说，"我是一个母亲，你懂吗？"

"没事，"博伊德说，"这不是什么大事。"

他对着我的牛仔裤喃喃自语。我把手放在他的头上，他转过脸亲了一下。谁能想到我的拒绝会唤起这么温情的动作呢？然而我们似乎都渴望显示自己对钱财的淡泊，显示自己高尚的人格。他把嘴唇抵在我的掌心整整五分钟，此时电视上的人正绕着一片绿地跑来跑去。

蕾奈特完全不介意把车落在她名下。他们需要一个没有案底的人（这就排除了博伊德和克劳德），以免引起不必要的关注。而麦克斯韦——像他这样没有驾驶证的人名下却有一辆车，这可太奇怪了——他是这么说的。他们将分期付车款。要分期多久呢？

"要花一段日子。"博伊德说——这意味着要很久。

这不是个多好的起步，但也许人们都是这样开始做新生意的。我可以选择划清界限，它和我根本没什么关系。

"四月份我们去那儿的时候，"麦克斯韦说，"正是弗吉尼亚美丽的时节。"

"你想过回土耳其吗？"我问姑妈，"你不想见奥斯曼吗？你不好奇他现在什么样吗？"

"你和奥利弗应该去。你可以和我的朋友帕特住一起，你会喜欢那儿的。"

琪琪的前夫在她眼中究竟是怎样一种形象？我不止一次想象过与我的前男友们见面时的场景，有时甚至想象他们在垂危之际会急呼我过去，而我有求必应，不管他们曾经对我有多糟糕。我为什么会想到这些？我当然想让他们对我苦苦哀求，因为我的出现而感到震惊和感激；而我的出现，则是为了追忆我们那些已归于尘土的日子。我总是想成为体面地笑到最后的那一方。

男人们为他们的"新"车激动不已。它底部有一些凹痕和锈迹，呈现出一种不知道怎么形容的银灰色。克劳德开着它在街区兜风（他确实是个糟糕的司机，差点撞到一个孩子），我冲到那个布朗克斯人旁边秀了一把高超的停车技术，然后麦克斯韦接来了他那个讨厌的朋友威利，后者突然被选为弗吉尼亚之行的司机。我不喜欢威利，他在女人面前显得阴险狡诈，但他赢得了麦克斯韦和克劳德的支持。而博伊德的职责则是计算支出和管理现金。

他们不能随便走进某个便利店，买上六百盒香烟，再说，现在一次买二十五盒以上的香烟是违法的。"我们需要专属供应商。"行业大拿麦克斯韦说。可他们在弗吉尼亚连个鬼都不认识吧？好吧，威利有一个小学同学，他现在住在里士满。

这件事紧锣密鼓地筹备了几个星期，我不断接到不想接的电话，听到不想听的协商，我始终置身事外。我在网上看到一些官方报道，说恐怖分子和帮派正在运营香烟生意，赚取资金支持他们的恶行。如果这是真的，那他们面临的竞争将十分激烈。

"我们规模这么小，谁会把我们当回事。"博伊德说。

我从手机的搜索记录里找出那篇《与恐怖主义相关的香烟走私》给他看。

"糟糕，这可不是你瞎编的，"他说，"情况不太妙，不对，看日期。这是十年前的事了！这是一个陈年旧案的报道。"

我知道，但仍坚持说："也许卷土重来了呢。"

他说："如果你不想让我们去，那就说出来，别搞这些小动作。"

我那时还没意识到，我有多么不想让他们开启这次旅行。"我只是担心你。"我说。

他们对这次"首航"的态度多轻佻啊。威利、麦克斯韦和克劳德在车上装满奇多、玉米脆、百事可乐和啤酒，仪表盘上响着说唱歌手杰伊·Z震耳欲聋的歌声，他们准备好了要在路上开一个长达六小时的男性派对。三天后他们回到家，嘴上说着这个供应商的怪癖，后备厢里装满云丝顿、骆驼、万宝路和百乐门等香烟，简直目空一切。

博伊德负责在纽约的销路，就是他把这些东西鼓捣进了酒吧和报摊。他轻车熟路地与某位经理一起感叹：人们怎么能够为了抽烟不顾健康，然后慢慢地说服了这位经理——你要什么我都能帮你弄到，这是给我最喜欢的顾客的福利。他还给那些在一百二十五街把烟装进黑色大垃圾袋里卖的人供货。这些长长的烟盒一直堆在我的壁橱里，在我的床下一字排开，直到他把它们搬出去。"持有烟草又不犯法。"他说。

威利负责维护车子。他说："这是一匹驮马，但要爱惜它。"

于是他洗车，检查油箱，像医生那样仔细检视它的内部结构。他自己的人生目标是有朝一日拥有一辆奔驰。他说德国人造的车是最好的，这一点人尽皆知。"别笑，"他说，"总有一天我能办到。"

利润滚滚而来，比我预料中要快得多。博伊德用这笔钱给我们买了一台巨大的电视机。奥利弗激动得要命，我也不介意接受这份心意。奥利弗多了一双会发光的运动鞋和一把儿童电吉他，我也有了一件新的春款皮夹克，冰箱里装满了我们每周从自己喜欢的餐馆里带回来的剩菜盒子。在我们家，操心钱的事已经成为过去式了，这是一段无忧无虑的日子。

这帮人当然要不停地往弗吉尼亚跑。他们似乎乐在其中，一直如此，博伊德对他们感到嫉妒。我说："他们会厌倦的，路那么远，就像一场陷入死循环的家庭旅行。"威利喜欢吹嘘着谈论那些弗吉尼亚女孩，她们比想象中还要性感。克劳德则在和一个叫达里丝的人交往，他越来越频繁地谈起她。

他说："她和这里的女孩不一样，这里的女孩总是抱怨来抱怨去，无论你做什么。而她一旦确定了自己的心意，就会坚定地站在你这边。这就是她，她就是这么个人。"

其他人取笑他总是迫不及待地要去弗吉尼亚。威利说：

"千万别挡'精虫上脑'的人的路。有一次我们好不容易开到里士满，他下车时那股疯狂劲儿差点把我撞倒了。"

他们喜欢里士满，他们在那里获得了一次又一次的成功、通过了重重考验、忍受了难熬的焦虑，这些经历也对他们的性格产生了影响。克劳德看上去不再鬼鬼祟祟，变得更加得体，麦克斯韦表现出将军的威严，威利则是越来越让人难以忍受。而博伊德，他的内心越来越乐观了。

他们都有自己赚钱的目标和用场。克劳德给了蕾奈特一大笔钱，让她去费城看望曾是"瘾君子"的母亲，带母亲出去开心一下；威利总是给他的几个女朋友买各种漂亮衣服；博伊德在攒钱，好像是为了给我们换一间更好的公寓，一间能通过缓刑委员会审核的房子。

考虑到缓刑官的事，博伊德还在餐馆工作。他说现在客人给他小费的时候，他会想："你以为我稀罕要这些零钱吗？"但他还是很专业地把这些小钱塞进了口袋，真会装模作样，是不是？每次去弗吉尼亚，麦克斯韦都会带一个塞满现金的公文包，我帮博伊德数过钱，按照不同的面额一层层摆放。

我在兽医所时也不能露富，继续扮演一个屈尊做着卑微工作的公主。当猫猫狗狗们惊恐的眼神从我身上掠过的时候，我会在心底对它们说："勇敢点，你永远想不到有什么好事在等着你。"所有技师都说我最近脸上总带着微笑，问我是不是注射了乙酰丙嗪——一种用于缓解宠物焦虑的药物。

他们以为我的好心情是来自男人，而不是钱财。一个接待员告诉另外一个同事，说我对付男人"有一手"。显然，我太多嘴，透露了太多与我交往过的男人的情况。我从青春期开始的恋爱史经历过高峰期、低谷期，还有一些青黄不接的时期。这部恋爱史里有奥利弗的父亲——凯文，他实在不是个东西，我是怀着孕离开他的；有托尼，那个第一次带我私奔的人，因为在青少年时期酗酒而遭到我父亲的厌恶，但我爱了他很久；还有一些我已经记不清的露水情缘。博伊德是其中最棒的一个，尽管有时我意识不到这点。

弗吉尼亚之行在麦克斯韦和博伊德的精心张罗下有序进行。看到这么多钱，我和其他人一样兴奋，满眼都是钱。我帮着博伊德收拾公文包的时候，博伊德说："这真是个好东西，对吧？别被它勾去了魂儿。"

克劳德负责提取现金，他是世界上最快乐的跑腿男孩。他进门的时候会说"我来拿我的绿票票"或是"你这儿有我要的那个漂亮黑色皮包吗？"六月末，晴朗的一天，他进来的时候像孩子一样高兴，满脸春风得意，眼睛里都带着笑意。

"你猜怎么着？"他说，"我能开车了！威利这家伙不知道躲到哪里去了，这回我当司机。"

"什么意思？找不到他？"博伊德说。

"打了他的电话，去过他家。哪儿都找不到他，我们都猜他应该在哪个女人的床上。"

"你开不了车。"

"我要开，就这么定了。"

博伊德说："你从来没上过高速公路。我来开。要是除了我以外没人能开，就我来开。你哪儿都别去，行吗？我要打电话给麦克斯韦。"

"去你的吧。"克劳德说。

博伊德走进卧室，我们听不到他说话。克劳德和我站在那里，各怀恐惧。

博伊德回来告诉我们："听着，过两个小时再行动，要么威利出现，要么我来开车。你要接麦克斯韦的电话吗？"

麦克斯韦的话让克劳德心情沮丧，也让他最终同意了这个方案。

我等到克劳德走后才开口："这就是个错误。你在高速公路上一定会被拦下来，因为你违反了缓刑条款。他们可以立刻把你送进监狱。"

"他们没这么严格。"

"你又知道了？过了这段时间吧，求你了，"我说，"他们可以重新找一个司机。"

"你根本不知道游戏规则。如果没有带着货出现，别人就会另找卖家了。"

我意识到自己人生最美好的时光将用在往返雷克斯岛探视博伊德上——或是在更糟的地方。奥利弗会长大，我们会一起出现在那儿。

我说："我求你了，你想要我跪下吗？这是你想看到的吗？"

他哀号了一声："蕾娜，求你别这样。"

我确实差点跪下了。我曾经在床上给他下跪过，但现在跪下恳求他，这又算什么呢？

"你知道我是对的。"我说。

"不能随便找个会开车的来，必须是我们相信的人。"

"好像威利是什么好东西似的。"

"到现在为止，他确实做得不错。"

"找个更好的。"

"当然，对了，你可以开，你知道吗？"

"什么？"

他脸上露出极度悲伤的神情："你能帮个忙吗，宝贝？"

博伊德成了恳求的一方。震惊之下，我满脸通红，又感到受宠若惊。他觉得我可以做这件事——我确实可以。开六个小时的车去弗吉尼亚，有什么大不了的。我能拯救他走出困境，为了博伊德，我可以这么做。我可以代替他，阻止他做蠢事。

然而我有做母亲的责任。博伊德已经考虑到了，他说一会儿就去接奥利弗——今晚和他一起吃比萨看电影，奥利弗会很高兴。博伊德可以找人替他上明天的早班。托儿所已经把博伊德的名字登记成了授权家长。什么问题也不会有。明天晚上我就到家了，奥利弗根本都不会注意到。

我不知道自己在想什么，开始打包起行李，把牙刷、T恤一一放进去。现在的弗吉尼亚热吗？我希望他们买烟的时候，我们住的汽车旅馆能有个泳池供我打发时间。我想得到博伊德的感激，但他并未如我所愿，而是一副公事公办的样子，打电话给麦克斯韦，改订旅馆房间。他捂着话筒问我："那什么，他们正在囤吃的，要给你带点无糖雪碧吗？"可我拿着红色旅行箱和大宽檐遮阳帽站在门口的时候，博伊德说："要是有人能代替你该多好。"我们带着绝望的情绪拥抱了很久。我爱上了脑海中自己那副又有能耐又高尚的形象，我知道他也一样。

我去麦克斯韦家的时候他们还没准备好，公寓里真是一团糟。客厅里放着比萨盒子，沙发上乱丢着脏毛巾，电视开得震耳欲聋。严格来说，这里仍是博伊德的住所，虽然他几乎已经不在这儿住了。

"原来是专家驾到了，"克劳德猛地向我回头，说，"你不用照顾那些狗吗？"

"我不是每天都要去那儿上班。"我说。

"她开车很快，"麦克斯韦说，"速度超人，这是博伊德说的。我们已经迟了。"

一辆超速行驶的车在高速公路上被拦下来——这种场景在南部是不是很常见？反正里士满是个以黑人为主的城市，他们总说那儿的酒吧超级棒。但返程才是需要担心的部分，那时车上装满了香烟。

"你拿急救箱了吗？"麦克斯韦说。

克劳德兴冲冲地打开一个白色塑料箱的盖子，让我看里面的东西——有个用绿宝石色的布包着的东西——是一把枪！一把手枪，长着短短的"鼻子"，弯曲的把手，它由两种色调的金属制成，一种暗，一种亮。这个场景让我窒息，就好像他们刚刚举着一条宠物蛇在我面前晃悠。我究竟在惊讶些什么？

"把它放在前面的储物箱里，"麦克斯韦说，"你和我们在一起很安全，你知道的，我们会保护你。"

我怀疑是不是太高估自己了——我是一个戴着太阳帽的呆头呆脑的白人女孩。

"所有人都准备好了吗？"麦克斯韦说，"我们迟到了。"

然后我们沿着街区走到停车的地方。克劳德拿着装着零食的袋子，我们都拖着滚轮旅行箱，仿佛一群游山玩水的旅客。

"下次让我开车吧。"克劳德说。

"别理他。"麦克斯韦说。

"快点儿，我的妞在等着呢。"克劳德说。

我们站到了那辆车前，它好久没洗过了，天知道还有什么别的缺陷。麦克斯韦从口袋里钩出他的钥匙。

这本来并不难理解，但也许直到他打开门的时候我才意识到：为什么我要接受这个半吊子的违法差事，还需要全副武装？我这样的人怎么能做这种事呢？这是一个错误的决定，我坑了自己。

我说："呃……我想，这件事我还是不做为好。"

"现在说这个已经晚了，"麦克斯韦说，"你觉得有什么不妥？"

克劳德，不看都知道，他在愤怒地骂我。该死，谎话连篇，卑鄙的混蛋，他很早之前就提醒过博伊德了。

"听着，蕾娜，"麦克斯韦说，"你是不是紧张了，没事，第一次嘛。但你等等就知道了，我们的旅行从没出过岔子。"他一直在说在弗吉尼亚能找到的乐子，如果克劳德闭上他的嘴，我也许会被他说服。我僵住了，一动不动，只是摇了摇头。

最终麦克斯韦说："这都什么破事。"——这意味着他放弃了。克劳德坐上驾驶席，说："我们要走了，滚吧你，我们想怎么开就怎么开，去你的吧。"汽车发出一声咳嗽似的声音，然后开走了。我站在那里，和我那个洋气的红色旅行箱一起，被扔在了莱诺克斯大街上，走了十五个街区才回到住处。正如我希望的那样，博伊德不在，他去接奥利弗了。我猜等他回来的时候就会知道这件事，他们会从车里给他打电话的。

我躺在沙发上，被自己弄得筋疲力尽，连奥利弗喊着"嗨，妈妈！"冲进来的时候，我都一动不动。他后面跟着博伊德，他的脸像面具一样死气沉沉，一句话也不说。

奥利弗正在我肚子上跳来跳去，博伊德俯身在我耳边说："究竟有什么事是你放在心上的？"我还没反应过来，他就已经出门了。

他呼出的热气还在我耳边。我亲爱的博伊德，你又为我们做过什么好事呢？我知道他再也不会回来了。爱情算什么？那么虚妄的东西。

我得给奥利弗做晚饭了，他因为我的临时变卦而不高兴。他拒绝我递给他的任何食物，还不停地尖叫。我说："算了吧，随便你。"我明白过来自己究竟做了什么，我在博伊德的朋友们面前羞辱了他。我骗了他，让他脸面尽失。闹到这样只有克劳德最开心，他终于坐上了驾驶席，也许他会站在我这边。

整整五天，我都没能和博伊德或是他们任何一个人取得联系，打再多电话也没人接。第六天我下班回家时，听到卧室里有窸窸窣窣的声音，博伊德头都不抬地把他的衣服打包，和一大堆行李放在一起。他说："比你想象的还要糟糕，你不知道他们在路上发生了什么。"

我不知道的是，在经过巴尔的摩时，克劳德试着驶离95号州际公路去往休息站，却撞上了一辆卡车，撞得太严重了，救护车还没来，他就已经咽气了，死的时候还系着安全带。麦克斯韦也被撞得浑身是伤，他还在医院，但情况还好。

博伊德的嗓音像沙子一样干冷无情，我听完泣不成声。博伊德僵硬地搂着我，那副勉为其难的样子，仿佛我只是一个与他不熟的亲戚。他说："你要小心蕾奈特，她伤心极了，而且她本来就不喜欢你。"

他们已经办完了葬礼，从费城来的母亲大闹了一场，蕾奈特则安静得像个鬼魂。在那之后，她总有说不完的话，随时会给朋友打电话，突然出现在别人面前。他说："不应该那么快让她停药的。"

僵硬的拥抱结束了，我泪如泉涌。我们看着对方，出于恐惧，我们都低着头。我希望他会因失去我而难过，我希望有穿越到过去及时挽回的机会。这些念头令我心碎。

博伊德走后，我才想起来问一下葬礼的事——在哪个教堂办的？牧师能对着克劳德说什么呢？这么个幼稚、愚笨和肤浅的男人，仿佛死亡是他一生中做过的最有内涵的事。谁会去告诉那个在里士满的女孩，她还在等着他吗？

那些钱可能还在车里，也许那辆车已经被拖到某个垃圾场了。他们的聪明到头来只是一场空——当然，克劳德从来都不是聪明的那一个。但如果有足够的时间，他也许会变聪明。如果这场事故没有让他丧命，说不定他能得到些教训。

他们甚至不愿让我出现在教堂的后排座位上，如果博伊德愿意，他本可以为我辩护，然而我把他也放到了一个尴尬的位置上。我就像那些不小心纵了火的人：即使是无心之失也是过失。

奥利弗一直在问博伊德去哪儿了，我说"他要离开一阵"。我不愿意对孩子说谎，但太难向他解释了。我要说什么？你妈妈不够有自知之明，因此有人送了命，惹博伊德不高兴了？

过了几个晚上，我在人行横道上遇到了蕾奈特。她在我前面几步的距离，穿着紫色紧身裤，看上去骨瘦如柴。正如博伊德所说，她的嘴根本闲不下来，对着那个和她一起的人说个不停。她太专注了，完全没有看见我，我能够听到她粗声粗气地说："我才不信那种鬼话。"说了一遍又一遍。她的声音沙哑，听起来带着一股疯劲（她沉浸在悲伤之中；而且她有权如此），我害怕她。

一天下午我走进兽医所时，前台姑娘告诉我有个男人来找过我，但没有留下名字。他长什么样？"非裔美国人，"她说，"穿着 T 恤。"说了等于没说。可能是麦克斯韦，但如果他出院了，他会浑身淤青或是包着纱布。也不会是博伊德，他有我电话，打电话就行了。也许是克劳德的朋友？我不喜欢这种可能。

可能谁也不是，只是某个宠物主人心情好，想要感谢一下我之前的照顾。我紧张了一整天，每次开门都精神紧绷。我活在无边的恐惧中，不是吗？我也不知道该如何看待这件事。事实上那天什么也没发生，但我回家时告诉奥利弗——我想了一个夏日计划。

我的姑妈和她的朋友帕特一起去了科德角，她要去多久呢？离开我的街区去替琪琪照看公寓，是个好主意吗？我告诉父亲，我想让奥利弗住得离市中心的操场更近一些，那里更安全。（这是一个谎言——我们附近的操场挺好的。）

我打电话给琪琪的时候，她听起来很高兴。她正在海滩上愉快地漫步，吃着炸蛤蜊，喝着美味的葡萄牙式的汤。她问我还有钥匙吗？——我有。"当然可以，直接过去吧。"我向她保证不会让奥利弗把那里弄得一团糟。

"你总认为我会搞破坏，"我说话的时候奥利弗说，"我才不会这样。"

我每天都会想到克劳德。他的灵魂踽行在这个世界，在每一家酒吧外面等待，在每一个角落奔跑。我能看到他。没有谁比他拥有更多未完成的心愿，没有谁比他更需要更多时间。他会一直徘徊在我的视线边缘。

我和奥利弗搬进琪琪的公寓，最大的挑战是要带上足够多的玩具。她家远没有我们的住处时髦，但更有家的感觉，也更不规整。杂乱的、挂着锅子的厨房使我感到安慰，附有琪琪的往日情怀的土耳其地毯也是。我变着花样让奥利弗睡在客厅的日式蒲团上，他睡得还不错。晚上，在琪琪的被窝里，我暗自绝望地想念着博伊德。那个再也不会回来的博伊德，那个比任何时候都要遥远的博伊德。我不认为失去博伊德是整件事中最糟糕的部分，但理性并不能减缓我的痛苦。

一天，我坐了很久的地铁回哈勒姆的住处去多拿一些衣服。我走进去的时候突然想到，也许有一些现金落在哪个边边角角。我翻找了冰箱，所有的抽屉，马桶水箱的顶部。但即使有，也已经被博伊德拿走了。

在那些得意时刻，我们花钱花得多畅快啊。我从没想过，自己可以那么大手大脚。现在我醒悟了。就算我在这个家里找到一分钱，都会直接寄给蕾奈特的。

我真的会。克劳德会希望我们救济一下他的妹妹——蕾奈特总是一贫如洗。她有一份工作，但几乎只能让她勉强度日。她是一个"美容师"，就是做帮人们拔眉毛、种睫毛那种营生。

我才不会让蕾奈特碰我的眼睛，但顾客们也许会指名要她做。她有一双巧手。有一次，在克劳德的生日会上，她戴着香蕉一样长的莱茵石耳环，穿着一件马球衫，上面用灯拼出了"克劳德"的字样。克劳德说她的衣服看上去跟时代广场一样浮夸。那是他的二十五岁生日。

博伊德用滑稽的生日歌说唱来做祝酒词，他唱着"我要大声说出来，克劳德的魔力"。我和博伊德这辈子还会见面吗？也许六十年以后吧。很难想象博伊德老了会是什么样子，但也许我能想象出来，我把他想象得苍白憔悴，坐在轮椅上四处看，随时准备迎接死亡。我知道他会变成什么样，我了解他。他那时会很高兴看到我，欣喜若狂。我开始期望现在就是六十年后那个重逢的时刻。

二

命运的余波：机缘与选择

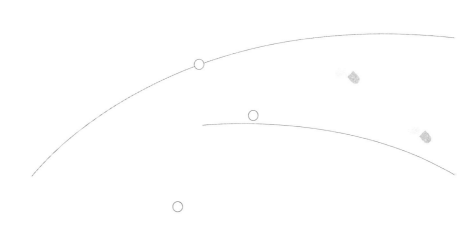

3

克劳德没有在酒吧出现，达里丝很失望。用她祖母的话说，她打扮得花枝招展，穿着一条小碎花裙和挂脖上衣，头发悉心卷出了弧度。可克劳德在哪儿呢？她走来走去，盯着后面的桌子。即使从纽约开车到里士满路途遥远，他也从来没迟到过。在酒吧里也没看到他的那些朋友，她仔细观察着这个挤满了人的地方。他没有回她的短信，打电话也进入了留言信箱，试多少次都是这样。

谁都知道人是反复无常的，说一套做一套也丝毫不稀奇。可是，这个看到她就止不住笑的男孩也是这样吗，即使他每天都给她发劲爆的短信？也许是他慌了，怕自己陷得太深，怕对她的爱太过热烈。她的女友们都不相信会有这种事，那晚结束时，达里丝也失去了信心。她没想喝太多，但她给他的最后一条留言让她泪流满面："你究竟在哪里？"

达里丝知道天下无不散之宴席，没有什么是永恒的，这一点，她比大多数人都清楚。她做着一份与死亡相关的工作——在一家临终关怀服务中心担任家庭健康助理。在人们一步步走向死亡的时候，她负责照看他们，帮他们洗澡、进食、梳头。所有人都好奇她怎么能忍受这样的工作，但这份工作其实比那些乱七八糟的工作要好得多。她工作时心怀对患者的尊重，她也从他们那里赢得了尊重，也帮了他们很多分外的忙。

克劳德问她："那些老男人会不会故意摸你？如果是我，肯定控制不住自己的手。"达里丝说他们只会派她去照顾女士，她们也不一定都是老人。她会给卧床的人用海绵洗澡，对她们身上哪里有伤口、哪里有溃烂知道得一清二楚，也深知肉体腐败的悲哀。每个人都有一具肉体，她并不害怕。和克劳德在一起的时候也是，他光滑又美好的身体，他快速的冲撞和小兽般的敏感。只是现在他遇到了更喜欢的人，至少她的朋友们是这么说的。

达里丝那天的晚归让祖母很不高兴。达里丝进来的时候，她被吵醒了，披头散发、睡眼惺忪地站在公寓的走廊上，说："你这么晚到处乱逛，早晚会送命的。没死在外面也要死在我手上，扰我的清梦。"然后转身走回她的房间。

达里丝最不愿做的事就是惹祖母生气，平日里她就够难相处的了。但祖母爱达里丝，当达里丝需要地方住的时候，祖母毫不犹豫就收留了她。可祖母不允许她带着孩子一起住进来，她说："你知道我这一生养育过多少孩子吗？我家里绝不能再出现婴儿。这是我的新规矩，你可以去告诉所有人。"因此，达里丝两岁的孩子杰肖娜大多数时候都和莱昂内尔的母亲待在一起。孩子被照顾得很好，但达里丝的前男友莱昂内尔却得到了监护权。他能够决定达里丝什么时候能见孩子，什么时候不能，全看他的心情。

第二天，达里丝醒来时，祖母已经去教堂了。达里丝不做礼拜（这是她的权利），但当打开手机发现一条消息也没有时，她只想向上帝祈祷——把克劳德带到我面前吧！你可以向上帝许愿，临时抱佛脚并没有错。

她开着那辆可怜的老爷车（它油耗太大了），去了克劳德和他的朋友们总住的那家汽车旅馆。他们喜爱的那辆银色金牛座没有停在那儿。她走到前台说："我想留个言。"然后报出了威利的名字。他们是用这个名字订的房间，因为只有他有驾驶证。但前台说没有叫这个名字的人登记入住。

她的朋友弗朗西斯说："你疯了，都开始跟踪他们了吗？随他去吧，如果他出现，可以给他一个机会解释，但现在，先忘了他吧。"

达里丝知道这是理性的做法，但她相信自己对克劳德的了解。他从来没什么真正的秘密，但他有一种隐形的奉献精神。他正在存钱，想给妹妹开一个美容沙龙让她发展生意；他想给她——达里丝，买一副呼啦圈那么大的金耳环；他从没见过杰肖娜，但上上回他来里士满的时候，给她带了一个小小的电子琴。杰肖娜很喜欢这个礼物，像个小疯子一样把它弹得乒乒作响。

阿曼达说两岁的孩子太小，玩不了电子玩具，她是达里丝现在服务的临终关怀病人。但达里丝说："我会好好看着她的，我才不像大多数人那样怕麻烦。"

"你是个好妈妈。"阿曼达说，用她拉风箱一样的嗓音。她以为杰肖娜和达里丝住在一起，达里丝并没有纠正她。

阿曼达四十七岁，患有晚期肺癌，没有孩子（因此才需要达里丝）。晚上她丈夫会来，这是一个大腹便便、留着金色山羊胡的男人，人很和善。他在大学里担任维修主管，而阿曼达曾是该校的秘书。他们住在城郊一个农场风格的住宅区，整条街的房子看上去都像汽车旅馆里的单间。阿曼达是本地人，她的父亲曾经就职于菲利普·莫里斯公司的一家工厂。

虽然克劳德总是满载着万宝路、新港、百乐门，甚至贝斯克斯，但他自己并不抽烟，从来没抽过。而阿曼达，这个越来越依赖机器帮助她呼吸的人，说她总梦到自己在抽烟，醒来发现没有香烟会觉得很失望。她痛恨那些为了利益而欣然杀死她的烟草公司——何止是憎恨啊。又说如果用钞票作诱饵，其实大多数人也没有好到哪里去。"你除外，你简直是在做慈善。"

事实确实如此。达里丝得到的只是代理机构收取的一部分费用，但她的工作邀约不断。人们都指名要达里丝，他们在表扬信里说她是坠入凡间的天使，他们告诉朋友们一定要确保是她来为他们服务，而不是别人。就工作本身而言，她做得还不错。但当克劳德那样的人出现时（确实她的生命里也没出现过他这样的人），她被那些礼物和承诺砸晕了——谁能对此无动于衷呢？她自然而然地开始设想他们的未来。如果有一大笔钱，她就可以让莱昂内尔把杰肖娜还给她——也许还不需要那么多钱。克劳德总说："别让我看到你那些零碎的小钱。"他确实说过，她亲耳听到的。但这些记忆越来越缺乏真实感。

她搜到了克劳德的脸书页面，已经有一年没动过了。上面有一张生日派对的旧照片，一个苗条的女人穿着一件 T 恤，上面用霓虹灯拼出了"克劳德"的字样。（这样 T 恤不会变烫吗？）他给她看过这些照片。如果达里丝能想起来他妹妹的名字，也许就可以找到她。

世界上那么多姓，他们偏偏姓约翰逊。找一个姓约翰逊的人简直是大海捞针。如果他自己不想走到她面前，网络又有什么用呢？可惜她没能记住麦克斯韦的全名，但威利在脸书上发过一张超级滑稽的照片，他的脸扭曲得像一个在发酒疯的怪物。达里丝向他发送了好友申请。

也许克劳德被警方拘留了，也许他住院了，如果是这样，他的名字会不会在报纸上被刊登出来？《里士满时代快讯》里没有，《里士满自由新闻》里没有，谷歌里也没找到。她没有停在原地等待，她在尽自己所能地找他，智能手机都要被她按坏了。他算哪根葱？她在想象中与他对话："别再干扰我的生活了，快告诉我发生了什么吧，什么都行。"

一天天过去，她仍捧着手机不放。最糟糕的事发生了，这一周快结束时，她打的电话连"嘟嘟"声也没有，直接被一个机械的声音接听了，说是电池耗尽。他换了新手机吗？还是去了另一个城市？而她仍然在这里，他明明知道她就在这里，哪儿也没去。

事情快过去两个星期的时候，她的心态改变了。她看清楚了，这个世界经不起深究，把它放在强光下细看，只能看到一团垃圾，仅此而已。这个道理很多人都懂，她也懂，但没有谁会整天提醒自己这个事实，是她的错，没有引以为戒。

工作时的她并没有什么两样。当阿曼达用她那副拉风箱似的嗓音说"我的身体就这样了，别去给我买不熟的香蕉"时①，达里丝还是能笑出来。阿曼达在新来的护士面前又讲了一遍这个笑话，他是来检查设备的。护士说："你得多买些，你的日子还长着呢。"这个护士三十多岁，个子矮小，面无表情，剃着光头。

达里丝认为阿曼达还有好几个月的寿命，她猜对的概率即使不是百分之百，也可以算得上很高了。目前阿曼达只在晚上需要吗啡，她丈夫用小小的注射器注射进她嘴里，他们不让达里丝代劳。"他一开始很害怕，"阿曼达说，"后来他就掌握了诀窍。"人们必须适应生活里的变化，要么就只能等死。达里丝见过那些适应不了的，下场都不算太好。

男护士名叫西拉，他很精通自己的工作。一眼就能看出来他是个熟手，他会把氧气机放置得更近一些，放到阿曼达喜欢的位置；他会和阿曼达说话，而不仅仅是和她早早回家的丈夫商量。他说："在这个阶段，你们的情况算是很好了。"

达里丝听到过他们争吵，但大多数时候弗雷德都很尽心。阿曼达挪动步子时，他会握住她的手臂，他还叫她甜心。如果达里丝生病了，克劳德也会这么对她吗？她能够想象到那

---

① 有一种说法是香蕉可以抗癌。

个场景，但那只是想象，不会成为现实了。

达里丝把护士送到门口。他说："很高兴见到你。"语气显得有点热切。要是没穿白罩衫，他也许会更好看一些。别提了，她自己还穿着绿色罩衫和难看的配套裤子呢。

星期五的五点，她准时到达莱昂内尔的母亲家，因为如果她迟到，就给了莱昂内尔找碴的机会。他打开门，说："怎么穿这么难看的绿衣服，像个看门的。你就穿成这样来见杰肖娜？"

"她才不知道什么是'看门的'。"

杰肖娜听到她的声音，在屋里兴奋地尖叫起来。莱昂内尔的母亲说："安静点孩子，没必要这么尖叫。"

莱昂内尔来劲了："我就应该让你回家换点得体的衣服。"

达里丝一言不发地站着。

"下次记得穿好看一点，知道了吗？"

达里丝一进门，杰肖娜就扑到她的怀里，她是这世上跑得最快的孩子。达里丝把她抱起来，呢喃着"我的小公主"。这就是她，矮矮肉肉的身体，秀气的尖下巴，圆圆的眼睛里满是激动。莱昂内尔的母亲把她的头发梳成小辫，带着粉色的小发卡。

达里丝一直觉得杰肖娜的头发编得太紧了，但她从未抱怨过。

莱昂内尔的母亲准备了一大包东西，够整个幼儿园用了。但达里丝不得不一边把背包背上，装进车里，一边推着婴儿车里的杰肖娜。她为失去克劳德而心情沉重，但她可以为了杰肖娜振作起来。既然工作时她可以装作对病人盖在毛毯下的残肢毫不在意，她当然也可以在女儿面前发挥一下演技。

这个周末过得很顺利，快三岁的杰肖娜吃起麦当劳的薯条来还是那么高兴，吃完就心满意足地在达里丝阴暗狭小的卧室里用平板电脑看动画片。早饭时，她与达里丝的祖母相处得好极了——她为老人唱了一首不着调的歌，祖母罕见地笑着向她表示了感谢。整个周末，天气既晴朗又不太热，周日弗朗西斯带了一些三明治过来，她们一起在河边野餐，杰肖娜在操场上疯跑，耗尽了体力。她们一起回达里丝的房间打了个盹儿，达里丝做了一个关于克劳德的噩梦。醒来时已经很晚了——她不得不加快速度赶回莱昂内尔家，其间她急得对杰肖娜大喊："你怎么慢慢吞吞的？别故意给我添乱！"约定的时间是七点，她们八点十五分才赶到。

莱昂内尔的母亲从她父亲那里继承了一幢房子，是一幢拥挤的两层木结构小楼，在杰克逊区边上。莱昂内尔住在地下室，但达里丝停车时看到他正待在外面的门廊上。上一次她迟到时，他把她的探视时间缩减到一个月三次。他说他已经等了很久了——尽管她在车里已经给他打过电话。他的母亲并不讨厌达里丝，招呼她进去，并把睡着的杰肖娜从她怀里抱过来。孩子的睡眠可以使他们免于经受许多事。

莱昂内尔说："你还真是死性不改。"

"我们睡过头了，不是故意的。真的，我'真的'很抱歉。"这是他们之间的一个暗号。

"真的"意味着她欠他一个人情。他把背包拿进屋，然后又出来，她跟着他绕到他所住的地下室后门。"咔嗒"一声，他打开灯，原来他们所在的地方就是他的客厅，那里有一个旧的红沙发和不知从哪里来的草编地毯；他确实努力打扮这里了。他们坐在沙发上，她把自己的手放到他膝盖上。

他抓住她的手，把它放到自己的胯部，脸上挂着微笑，一副嘲弄的样子。她用掌心摩挲着他。这是她的主意，他首次提出她何时能见杰肖娜的时候，她想出了这套方案。达里丝没有跟他讨价还价的筹码，她想到这个主意的时候居然有些如释重负。现在，她等着他拉开裤子的拉链，然后跪在他面前，看得出来他喜欢看她下跪。曾经她也喜欢过他们之间的各种性爱方式，她也爱过他。现在他的身体对她的意义完全不同了，那种坚硬和味道不再意味着终极欢愉，而变成了一项差事。为了自己的孩子，这不算什么，还有人做过更夸张的付出。这令她产生一种成就感。你可以把这看成一种权力的转移，尽管这种观点有些奇葩。

遇见克劳德以后，这种"付出"她只做过一次，是在他们初识的时候，当时她跟克劳德在一起还只是图个新鲜刺激。当时她觉得，心里想一想克劳德也不错，莱昂内尔做什么都无所谓。她喜欢这种心里藏着珍贵秘密的感觉。她有点想哭。如此悲伤的人是不该做这档子事的。可这才是个开始，她感到自己在背叛克劳德。她似乎有点太卖力了，但还是继续下去，毕竟，停下来也没什么意义了。

那天晚上开车回家的路上，她满脑子都是如果克劳德知道会怎么想。也许他已经知道了，也许莱昂内尔告诉了他，也许这就是他离开的原因。她从未向莱昂内尔透露过任何私生活相关的事，但里士满不是个多大的地方——可能有人对他说，她现在和这个纽约佬在一起。但莱昂内尔一般不会费那么大力气来刁难她，他懒得搞那些鬼蜮伎俩。她满脑子胡思乱想，怎么也想不明白。

回她祖母家的路很近，就在通往吉尔平的公路的另一边，是一个无人问津的居民区。这是座低层住宅，建在一块寸草不生的土地上，达里丝在这间公寓度过了一半的童年时光。她总说在这儿很有安全感，但她的祖母对此嗤之以鼻："安全感？呵，当然。"

也许克劳德遭遇了枪击，谁也没提过这事，但他可能在路过某个地方时不巧被流弹击中——他和他的朋友都不熟悉里士满，没准帮派控制香烟运输路线的事是真的，没准克劳德他们并没有意识到自己的危险处境。连她都看得出来，多数时候他们都是在没头脑地胡扯一气。

这周，那个叫西拉的护士来检查护理计划的实施和医疗用品的消耗情况。"哪个名字来着，"阿曼达说，"西拉？"这段时间她停下来喘气的时间变得更久了。

他说："就是《圣经》里那个和保罗一起四处传道的人，他们被锁进监狱，一场地震震碎了枷锁，打开了大门。"

"你信教吗？"达里丝问。

"不，"他说，"但我的父母信教，他们是虔诚的教徒。"

达里丝对上帝更虔诚了，但她瞒住了所有人。她开始实施自己的仪式：闭上眼睛坐在床上，想象房间的四壁变成空气，来自广袤空间的空气。她乞求的重点是要上帝赐予力量，只有力量才能使现状有所好转。她几乎每晚都这么做，效果令她欣喜。

阿曼达气喘吁吁地说："我还是个孩子的时候，去的是主日学校，还要去圣经夏令营。你不会相信，我们在圣经夏令营有多遭罪。"

西拉说："没有什么比禁忌更令人兴奋了。"

达里丝说："我在我女儿身上看到了这一点，你越是不让做什么，她就越要做什么。"

该死，她不习惯这么快就告诉男人她有个孩子。

西拉正在写报告。（他又为什么会在意呢？）阿曼达说："你不再去教堂的时候，你父母是不是很难过？"

他说："每周日我还是会在教堂弹琴，这样大家都高兴。但是，我们从来不提我还在酒吧演奏的事。"

达里丝问："哪些酒吧？"

"偶尔为之，并不常去。"

阿曼达说："太酷了。"

达里丝再问："哪些酒吧？"

他报出的酒吧名她一个都没有听说过，但他们才刚开始啊。他说，如果她想去听听音乐，他有一些演奏得不错的朋友下周会过去。她说自己可能会想听。他们在门口聊天，他把她的号码存进手机，说："好的，那我们保持联系。"

原来他们演奏的是爵士乐，不是她喜欢的类型，但那又怎样？他去住处接她的时候，穿着熨好的银灰色衬衫，比护士服顺眼多了。他和她的祖母握手——他多少岁来着？这是她在车里问他的第一个问题。他说："你猜。"

　　他三十二岁，比她大十岁。也许他有前妻，还有赡养费要付。他们走进酒吧，安静地听演奏音乐——尽管她并不认识台上的人。音乐听起来太厚重了，演奏的乐器也太多，直到响起钢琴独奏，她才听出这是首宛转悠扬的曲子。但她对人们鼓掌感到莫名其妙，完全不知道发生了什么。但她告诉他，她很喜欢。

　　音乐结束时，她已经喝了太多酒，但还能控制住自己（在克劳德面前她从来不需要控制任何事）。她问西拉是不是里士满人，他说是，但他住在夏洛特市，他的孩子们（说到重点了）还跟着他们的母亲一起待在夏洛特。"阿曼达觉得你比医生还聪明。"达里丝说。事实上在非工作时间谈论病人是不被允许的。

　　"她是个和气的人。"他说。

　　达里丝想的是，希望她一直这么和气。谁也不知道人会变成什么样。她曾经有个男病人，九十岁，苍白得像一条鱼（她曾经对克劳德撒谎说从未照顾过男病人），他就是机构里的人背后说的那种"种族歧视的混蛋"。还有一个和蔼可亲的黑人老奶奶指控她偷东西。

西拉问她担任家庭健康助理多久了，喜不喜欢这份工作，有没有计划脱离机构，自己经营？她讨厌说到这个，像采访一样。面对这样的谈话，她格外想念克劳德。

"我可能会搬到纽约。"她说。

"你想去更大的地方吗？"他说，"我能理解。"

"也许我只要把自己的头弄得更大一些就行了。"她说。

她只是随口一说，但他们开始谈论起帽子的尺寸——他真的要戴帽围五十九厘米的帽子吗？他的头没有大到那么夸张吧？他们还谈到自己喜欢的帽子，他喜欢巴尔的摩金莺队的棒球帽，她喜欢的则是一顶白色有花装饰的混合帽，她小时候常常戴着去教堂。

接下来，他们得去见见他的朋友们。他们正站在吧台旁，她不得不恭维说演奏得很棒。除了鼓手看上去老得够当其他人的爹，其他人都和西拉差不多年纪。他们和她握手。西拉问他们为什么把贝斯独奏换成了低音，是哪个笨蛋调的音。一晚上就这么过去了。

但在最后，当他送她到门口时，他们来了一次真正的吻——他用舌头和嘴唇来了一次突然的表白。这完全出乎她的意料，但她为自己感到欣喜和骄傲。毕竟，这个晚上还不算太糟糕。没错，有什么事要发生了。他们定了下一次约会——

这就是他做事的方式，稳扎稳打，步步为营。

新的一周又开始了，时间一天天流走，他什么时候给她打电话？她才不在乎。她讨厌猜测男人们的动机，再说她还没有完全确定自己是否喜欢他。

克劳德发给她的短信还存在手机里，一些旧的已经沉到底下了，但那条"我迫不及待想见你"总在最显眼的地方。她确实想看见这句话，还有"想死你了""想你想疯了"……这些信息是很多个星期以前的，看上去像上辈子的事，被尘封在时间里。但她忍不住去重温这些短信，因为这些简短的讯息里满溢着快乐，这种快乐不是假装出来的。

接下来的周末，她带杰肖娜去了教堂。他们出发之前，她的祖母高兴地（这在达里丝看来可不常见）熨好了杰肖娜的连衣裙。杰肖娜在教堂表现得很好，她喜欢那里的歌声——谁会不喜欢呢？摇来晃去，飙着高音。达里丝只希望她听不懂"我的主，当他们钉十字架的时候，你在那里吗？"是什么意思，这对小孩子来说太暴力了。杰肖娜的良好表现并没能延续到布施时，达里丝把她带到走廊上，小声安抚，阻止她大吵大嚷，让她在平板上玩起了游戏。

牧师的声音严肃而饱满，伴着杰肖娜的胡言乱语传到了达里丝耳朵里。他正在谈论拔示巴是赫梯人乌利亚（赫什么梯？）的妻子什么的，但大卫王看到了她洗澡，心生欲望，后来她怀孕了，大卫王把她的丈夫派去前线让他送了命。大卫王有没有因此受到惩罚呢？——受到了，那个婴儿出生后不久就死了。多年后他心爱的儿子押沙龙发起了一场叛乱，为了显示王权，押沙龙当众与父亲的十位嫔妃性交。

《圣经》里是这么说的？多恶心的故事。"我们从中能得到什么启示？"牧师说，"一、没人能为所欲为而不受惩罚，就连国王也不行；二、耶稣诞生于大卫王的家族，那种家庭。"

达里丝想听的是能安慰人的话语，这让她觉得来教堂并不是个好主意。她的祖母站在摆着蛋糕的休息室里，和其他戴着帽子的女人闲聊（也许是在聊她），杰肖娜则在摆弄蛋糕上的糖衣。

达里丝早就知道没有人能为所欲为，因为她犯过的每个错误都会回过头来咬她一口。十几岁时，她从朋友凡内莎那里撬走了莱昂内尔，当时还费了好大的力气，看看现在他们变成什么样了吧。女儿刚出生的几个月里，她并不是一个好母亲，她不理会孩子，很少满足孩子需要抚触和关注的天性，而现在，她愿意倾尽所有来交换更多与杰肖娜相处的时光。

从教堂回家的路上，杰肖娜可以坐在婴儿车里吃下一整包饼干，因为她表现得太好了，连达里丝的祖母都这么说。

也许去教堂确实对她有所帮助（她才不相信呢），因为就在那个星期天晚上，她接到了西拉的电话。临终关怀组人手不足，他一直在加班，时间就这么不知不觉溜走了，他本想早点打电话的。她决定不跟他计较。

他们的第二次约会好了很多，二人去看了一场很有趣的电影。他们喝啤酒，吃鸡翅，四目相对。"我喜欢看电影里的人做蠢事（男主人把一个装满现金的公文包扔错了车），"她说，"你会想笑，而不会想骂他们。"

"有时观众也会骂，"他说，"因为他们太投入。"

"那个家伙蠢死了！"

"人们总是自以为聪明，但总会被现实打一个响亮的耳光。"他说，"所有搞笑电影都是这个桥段，你不觉得吗？"

达里丝觉得这完全符合她的生活轨迹，但她没有把这个想法说出来。今晚他穿着一件海军蓝条纹衬衫，她不觉得他是那种爱赶时髦的人，但看得出来他精心打扮过。

护士的收入怎么样？还可以，但也不算多，对不对？但他的家有一种超标准的奢华。打开灯的那一刻，她看到一个闪闪发光的巨型餐桌，窗户边上种着一大片兰花，他喜欢这种花。但她来这儿的目的并不是欣赏家具。他在厨房给她倒了一杯水，达里丝站着一饮而尽，说："味道不错。"然后他向她走来。

他们之间的化学反应令她吃惊，她本来觉得他们的事还没最终定下来（她对弗朗西斯也是这么说的），但二人的欲望一触即发，几乎吓到了她。看得出来这也出乎西拉的意料，他对事情的发展感到得意，长吁一口气，笑了起来，连那笑声都是性感的。就这么办吧。

二人走进卧室，她心里有一些雀跃，终于又要来了。她准备好了，这就是新的开始。做爱的时候，她满脑子都是"我解脱了"，是的，她在和别人做爱。一开始他有些刻意卖弄技巧，后来才真正投入其中，她能感觉到对方的着意揣测。总体来说，他们相当和谐。

早上的闹铃声让她误以为自己身处监狱——她从来没进去过，但那声音听起来太像监狱了，让她梦到自己就在那儿。当她再次醒来的时候，西拉穿着护士服，为她端来了一盘烤华夫饼，上面淋着黄油和糖浆，还有一杯咖啡。她说："这才是生活呀。"她喜欢华夫饼，然后吻了吻他的脖子，但她真正想要的是快点回家，换衣服上班。这间卧室看起来太大了，也太明亮整洁，让一切都无所遁形。墙面是棕褐色，上面有竹子的花纹，梳妆台上放着他的孩子们的照片，一男一女，骑在自行车上微笑。

她在卫生间一边整理自己一边想，如果她是一个惯偷，一定会顺手偷点什么。她在工作时当然见过更多好东西，但打动她的是对方表现出的毫无依据的信任。

他们出门，坐上西拉的车，这时她可以好好观察一下这个街区了。他住在一个大型复合公寓楼里，外墙上有砖纹，还立着白色的柱子，离那条"烟草河"只有几条街——尽管那些烟草公司三十几年前就已经搬走了，这条小河还叫这个名字。她说："你觉得还有人能靠烟草生意发家致富吗？"

他说："有吧，他们才不会为此良心不安。"

达里丝听过一个高管的传闻，说他在妻子死于肺气肿之后，幡然醒悟，开始坚决反对吸烟。但这也许只是又一个虚构的故事。

"世上的鬼话够多了。"西拉说。

他说这话的时候挑起一条眉毛，看起来很帅气。二人在达里丝的住处前告别，紧紧地拥抱了很久。西拉想等她换上工作服，送她上班，达里丝拒绝了——如果不开自己的车，她到时怎么回来呢？而且他也赶时间上班，或许他很乐意在路上独处一会儿。

所有人都认为她捡到宝了。弗朗西斯说："如果你不要他，我就抢走了。"她的祖母说："说真的，我挺喜欢那个人。"就连阿曼达也说（达里丝本不该跟她说这些）："他长得又帅，人又好，比你之前提过的那些交往对象优秀多了。"

阿曼达的丈夫已经搭好了一张倾斜的折叠桌，上面还有一盏灯，这样她就可以躺在床上玩填字游戏了。这些游戏现在只会让她昏昏欲睡。她也不看邮件了，尽管她丈夫支起了一个架子，把平板电脑稳稳地夹在上面，完全不用担心会被打翻。平板电脑上下载了很多歌，都是他觉得她喜欢的——其中有一些她确实喜欢。他一直想为她做点什么。

达里丝每周会接到西拉至少两个电话，所有人都觉得这是个好迹象。虽然不像克劳德那样不停地给她短信（那家伙确实很闲），但西拉是个很好的谈话对象，她可以和他谈论祖母的怪脾气，他会认真听。

"总不能用同样的标准来要求每一个人吧，"她对弗朗西斯说，"他们都有自己的行事方式。"

在祖母家，达里丝很少进厨房，但是西拉喜欢跟她一起做饭，用他那些精致的现代厨房设备。杰肖娜一开始有些害羞，爱发脾气，但很快就被西拉的华夫饼收买了。在那之后，她无时无刻不黏着他。她用手臂把西拉的膝盖牢牢锁住的时候，他会说："我的小姑娘，你能让我挪动一下吗？"但他看起来很高兴。

他的住处并不像达里丝印象中的那么大，但一扇窗户旁边满是兰花，还有成堆的关于树木的书（谁会想读关于树木的书？），几书架他喜欢的奇幻作家的书，还有一个立式键盘，他从未在达里丝面前弹奏过。他经常用扬声器播放音乐，从莉儿·金的乐曲到小理查德的《变戏法》，他都放给杰肖娜听，有句歌词是"把你的右脚放进来"。

如果克劳德在里士满出现过，达里丝应该能听到消息。那帮人有可能去了其他城市采购（也许是诺福克？），那里的香烟也许更便宜。这肯定不会是克劳德的主意，但他也没有特意告诉她，只想就此消失。那就随他去吧。

她明白了自己并没有想象中那么了解克劳德。她更了解的反而是西拉，因为西拉对她说了很多。他讽刺那些吸血鬼电影；他依然喜欢奥巴马；他每个周四晚上都会和朋友们一起排练，风雨无阻；他不觉得当一个"业余"音乐家有什么不好，但他的前妻却因此看不起他；他每个月都会开四个半小时的车去看望孩子们，有时会让他们在这里过夏天，但今年不会；他认为杰肖娜应该待在托儿所，她需要和其他孩子多相处。

"我可以跟他们提一下。"达里丝说。

西拉说："你不是她妈妈吗？"

达里丝低头看着吃了一半的燕麦,这跟他有什么关系?他知道什么?

"我只是随口一说。"他说。

西拉有一个做社工的朋友,也许能帮她争取自己的权利。达里丝认识的社工够多了,她才不指望这些人。但是,万一呢?

"你准备好了我们就行动。"他说。

阿曼达一阵一阵地咳嗽,严重到听起来像在抽泣。能说话的时候,她就粗声粗气地咒骂。尽管她要靠别人帮助才能上厕所,难以吞咽食物,至少她的性格没什么变化。这些屈辱让她脸上出现了愤怒和挫败的神色。她说:"别告诉弗雷德我吐了。"

最近,她的丈夫弗雷德为了能早点回家,减少了工作时长。达里丝开始好奇,阿曼达离世后他会有什么改变。他会如何自处,他会悲伤多久,他会接受其他人吗?——他会的,男人都这样。因为他们能做到接受新人,她没有责怪他们的意思。

阿曼达乐于取笑达里丝和西拉,即使她的声音渐渐喑哑,她还是会开玩笑说:"没人比医务人员更懂人体构造了。"达里丝让她在西拉来时装作什么也不知道（他总担心机构知道了他们的事会招来麻烦）。西拉走后，她们就会大笑起来。西拉无意间说的每一句话都能逗得阿曼达捧腹大笑。

等到达里丝和西拉必须一起照顾阿曼达的时候，他们都停止了假装。他们一起把她抬起来换床，为她擦拭身体，帮助她吐痰。阿曼达看上去既害怕又尴尬，说："还有点浪漫，对吧？"

西拉得在病人之间来回奔波，达里丝庆幸自己不必如此。有些晚上，工作榨干了他们最后一丝气力，这时他们会来一场电视剧马拉松。他们一口气看完了《护士当家》和第一季《女子监狱》，还有西拉用 DVD 录的好几集早期《大卫·查普尔秀》。他们裹成一团，四肢摊开放在对方身上，眼睛里反射出同样的影像。

他们都在里士满长大，但并没有共同的朋友。好吧，西拉年纪更大一些。现在他认识了弗朗西斯，那次达里丝去酒吧看西拉演奏时，带上了弗朗西斯。她们都觉得他弹得很棒——他那么专注地埋头弹键盘。但他说自己走调了，似乎在怪她没有听出来。

无论是跟西拉一起玩音乐的朋友，还是西拉以前的老友，都争着和达里丝说话，问她喜欢哪个歌手，被她那个阿曼达与生香蕉的笑话逗到捧腹大笑。朋友的妻子们则恭维起她的发型，问她是怎么打理的。她在他们面前从不多话，怕多说多错，暴露自己的愚蠢。弗朗西斯就是话太多了。

杰肖娜很喜欢西拉，周末她会用沙发垫在他的卧室打地铺，她睡得很香，不容易被吵醒。达里丝知道，她肯定咿咿呀呀地跟莱昂内尔母子俩提过这些，但他们对此从未说过什么。杰肖娜把西拉叫成"塞拉"，这个名字也许被他们听了个正着。

如果知道这些，莱昂内尔也许只会说几句刻薄话，但他的母亲会刨根问底。达里丝该怎么回答呢？他母亲不会介意的，谁会不喜欢护士呢？她只需要说自己有个护士男朋友就行了。她要冷静，因为等到她攒够钱、拥有自己的住处的那天，冷静是帮她赢回杰肖娜的唯一方法。

她和西拉相处得很好，各个方面都好极了，但他们总有一天会分手。这是达里丝自己的想法，她不想告诉别人，但也许可以告诉弗朗西斯。她是这么跟弗朗西斯说的："我觉得我们并没有那么般配。"

"你们会打架吗？"弗朗西斯说。

"当然不，我的天啊。"

"只要不打架，那就很般配了。"

劳动节那个周末，西拉开车去北卡罗来纳州看望孩子们。但他承诺说，下个周末会带达里丝她们去户外玩，去逛一整天公园，过一个属于他们的特别假日。杰肖娜对这个安排很满意，坚持要带着克劳德送她的玩具钢琴。那并不是完整的钢琴，只是一个蓝色的塑料键盘——万一西拉讨厌它发出的噪声呢？达里丝把它放在离烧烤点稍远点儿的石头上，这时西拉却说："这东西真有意思。"

它可以发出鼓声、号声和动物叫声，他听了一段杰肖娜最爱的犬吠小夜曲，问："你从哪儿弄来的？"

"从垃圾堆捡的，现在的人真是，什么都往外扔。"她并不打算提克劳德的事。

"才不是垃圾！"杰肖娜说。

克劳德还没有见过杰肖娜，就选了个这么合适的礼物。

西拉用它回放了一段杰肖娜胡乱敲打的音乐，达里丝还不知道它有这个功能。"这些小玩意儿真不错，"西拉说，"那么便宜，又不容易弄坏。"

达里丝有种想让杰肖娜远离键盘的冲动，以免弄坏它。

"它恰好从垃圾箱里探出头来。"她说。

她怎么编都行，除了她谁也不会在意。把最珍贵的秘密藏在心底，就永远不会失去它们。必要的时候，她可以扯个彻头彻尾的谎，只是为了忠于自己的过往。没什么能让她收回那个谎言，她很高兴还可以守住一些东西。

"正好在垃圾堆里看到它。"她说。

4

这不是他的错，连保险公司都没追究他的责任。那辆该死的福特金牛座闯进了高速公路，撞上了他那辆运货卡车的侧面。泰迪耳边还能回响起碰撞时的声音，轰然一声巨响，变成了一团皱巴巴的残骸。随后他的脑海归于一片死寂，毫无实感，这时他把车开向故障车道。熄火后他走着回去，另一侧的车道仍然川流不息。他往损毁的车里看，到处都是血，人的身体竟然有那么多血吗？里面的两个人被撞得面目全非，极度骇人。他喊道："喂！你们还好吗？"没有任何回应。这两个年轻的黑人被安全带缠绕着，一动不动，一声不响。他站在路边打了911，努力让自己的声音听起来正常些。

他不记得当时闻到了汽油味，但也许他闻到了。这时他开始发抖，打开车的一扇后门，试着把那个浑身是血的乘客拖出来——一个戴着尼克斯队棒球帽的男孩，他的腿蜷曲着——州警察就是这时赶到的。他一直担心燃油泄漏会起火，如果真是那样，他一定会逃得远远的。确实，一有人赶到，他就往后躲了老远。

没人会归咎于他。警察让泰迪填了表格，检查是否有打滑的痕迹，救护车还没到就给他开好了单子。不是他的错，但他知道自己的问题在哪儿。那一刻，他正在想萨莉，想着她那似笑非笑的特殊神情。

卡车的损失赔偿问题一直拖着，这确确实实是他的车。而那个开着金牛座撞上了他的司机却没有登记在那辆车的保险名单上，这是他最近才得知的。也没有办法起诉这个二十四岁的孩子，因为他死在了车里，去了任何律师也联系不到他，任何账单、罚款、纠纷都烦扰不到他的地方。泰迪填的那些表格成了废纸，这个人名下也没有任何财产，泰迪的保险公司特意核实过。而这辆车的车主呢？一贫如洗，连告都不值得告。

五十七岁的泰迪拼了老命才买了这辆卡车，分期贷款还有很久才能还完。即使警察说他可以请个律师理赔，现在的日子对他来说也不好过。

他给妻子莉亚打电话，她在电话里说："别想着自己能得到应有的赔偿，你还活着，这才是最重要的。"

莉亚是对的，他爱妻子的这一点。他知道不能把宝贵的时间花在生气、痛苦和无聊的扯皮上，因此他再次举债修理卡车，避免浪费更多工时。而这笔维修费对他来说显然太贵了：莉亚只工作半天，他们还有一个勉强考上大学的女儿艾普丽尔，高中毕业之后的学费可不是一笔小钱。

他开这辆卡车已经五年了，他告诉所有人，他恨不得早点重新上路，但这几乎是在说谎。他极度希望自己能够摆脱这辆车，不再开了。那辆不知从哪儿冒出来的车撞向他的时候，他正想着萨莉——他的前妻。他正在去往华盛顿市郊看她的路上。当他走上她的门廊，她就会用那副神情看他，像过去一样。一心两用又怎么了，为什么不行？反应再快也没办法让一辆十六吨量级的半挂式卡车跑得更快——谁知道那辆破车是从哪儿冒出来的，换了谁都来不及踩刹车。他当时又能做什么呢？但他还是一直在徒劳无功地想着。

他在拖车的车库里打电话给前妻萨莉，声音粗重而低沉，听起来完全不像他自己。他说明自己现在的处境，她沉默了一会儿，然后说："嗯，好的，我明白了。你没受什么伤吧？"

他曾让萨莉深感失望，因此现在的他格外想表现得可靠些，尤其是在当下的处境。他们在一起一年了，正是如胶似漆的时候，仿佛能让他脱离惨淡的现实，拥有一个全新的明天。要见她一点儿都不难，把饼干运到佛罗里达或是把咳嗽药水运到巴尔的摩时，他只要开车到萨莉家附近，就可以去见她。之后他再高高兴兴地回家见莉亚。

他和萨莉二十来岁的时候结了婚。这桩婚姻没有持续很长时间，她讨厌他总是不在家，所以泰迪每次回家时，妻子都怒气冲冲。年轻的时候，耐心总是不太够的。

年纪大些的时候，泰迪遇到了莉亚（她喜欢称自己为他的最后一任妻子），他们懂得了知足常乐、平淡度日。他帮忙养大了艾普丽尔，这孩子是世上最讨人厌，也最神奇的宝贝。他搬进去的时候这孩子才八岁，很喜欢玩各种恶作剧，一会儿把狗粮放进他的燕麦片碗里，一会儿把葡萄扔到他的空靴子里。他大发雷霆，她却在咯咯笑，他喜欢她的机灵劲儿。

事故发生后，泰迪几经波折才一脸憔悴地回到家里。他把卡车留在巴尔的摩郊外，搭上了一辆开往纽约的灰狗巴士（座椅对他来说太窄小了），然后转车回到了位于卡茨基尔山脉南部边缘的偏远小镇。一路上他打了好几个小时电话，处理那些不得不中止的运输任务。他有个朋友，但只能帮他顶下一趟差事。其他工作他只能跟中间人推掉，惹得对方大怒。莉亚来车站接他时说："好了，感谢上帝让你毫发无伤地回来。"所谓的上帝只是一种表述，她并不信教。倒是他自己，多年来一直试图寄希望于某种超自然的力量。

他开始觉得这场车祸预示着他应该停止与萨莉幽会。但萨莉住在华盛顿附近，卡车所在的修车店距离她家仅一个小时路程。店里的人慢吞吞地修理着卡车，赚着巨额修理费，但他还是得去把它开回来。

萨莉与最近一任丈夫离婚时,泰迪与她旧情复燃了。她想问泰迪要一份当初的离婚协议副本,她把自己的弄丢了,想问他的是不是还在。就这样,他突然收到一封电子邮件,里面写着这个问题。他们几十年没见了,她现在怎么样?萨莉说她做了很多年簿记员,如今在 IT 行业,干得比之前更好。泰迪在他们快离婚的时候才开始酗酒,但加入戒酒互助会以后,他想要补偿的人之中就有萨莉。他给她去了一封信,诉说他的歉意:总跟别人说她的坏话,把她漂亮的礼服扔到卡车下面轧过去。他以为她也会反省一下,但这完全不是他这封信的目的。萨莉在回信里不客气地说,希望他的新生活能比以前像样,他身上要改的缺点真是太多了。现在,他再次收到了她的来信,不过时间已经过去了二十六年。

他脑海中的她依然年轻,尽管他俩年纪差不多。他在邮件里附了一张照片,一张他在密歇根某个湖边的自拍,照片上的他头发渐白,但还没秃顶。她也发了一张自己的照片——她怎么做到的,看起来像她的母亲,但依旧还是萨莉的样子。这张照片令他感慨万千,她是他第一个真正爱上的姑娘。

因此在最终见面之前,他们都做了充足的准备。她有一所房子,车道大到足够停放他的卡车。孩子们都离开家了。在客厅里,她给他倒了一杯咖啡,但他们都知道接下来会发生什么。不敢相信，在那间郊区的卧室里，他重新看清了她的身体。"你解胸罩总是很迅速。"她说。比起他们离婚前，她学会了很多招式，他对她感到熟悉又陌生。

事故后的几天，泰迪一直待在家里。莉亚总说："你得好好休息一下。"仿佛他是个正在复健的病人——她就是这么说的。他眼前一直出现血，汽车座椅上满是这种滑腻的红色液体，但他不想被这种思绪困住。他告诉莉亚，等他死了以后有的是时间睡觉。他在后门廊干起了几个月前就计划好的活儿。好消息是，那辆金牛座的乘客活下来了——就是他试图拽出来的那个男人，他正在医院治疗骨折。泰迪想去马里兰州看看他，但律师建议他别去。

艾普丽尔在街上的针织品店做暑期工，她问泰迪："那个司机为什么撞你？他嗑药了吗？"

艾普丽尔知道什么叫嗑药。她在的那个乡下高中鱼龙混杂，什么乱七八糟的东西都有——安非他命、海洛因、合成大麻，还有一些泰迪听都没听过的东西。从十六岁起，艾普丽尔的冒险精神就让她做出了很多愚蠢又危险的事。有时骨瘦如柴的她东倒西歪、浑浑噩噩地到处走；有时又会神气活现、连头发都闪着年轻的光芒。他们没法儿时时刻刻盯着她，根本管不住她。泰迪曾经提议带她去戒毒互助会，换来了她的哈哈大笑。她总是逃学，还从她母亲钱包里偷钱（她曾经过于依赖莉亚），这些都已经见怪不怪了。仿佛毒品让她六亲不认，怀疑一切。

她脸颊上有一块很大的伤疤，那次，她嗑药以后从街道的山上摔了下来。这种痛定思痛产生了神奇的效应。泰迪经常不在家，但当他在家时，她每天都会去金斯顿的戒毒中心。她又和泰迪恢复了对话，他们又是哥们儿了。因此泰迪确信，她失足过一次，以后一定会重新走上正轨。秋天的时候，她就要去附近的一个社区大学了。

但是，那个撞了他卡车的孩子并没有嗑药或是醉酒。泰迪的律师总是带来一些他不想知道的消息。"他准以为可以任性一把，想开多快就开多快。"泰迪说。

艾普丽尔说："人们之所以那样做，是为了满足自己的虚荣，对不对？"

看来戒毒中心那帮人确实教会了她点儿什么。

"这种想法害死了他。"她说。

泰迪几乎脱口而出："关键是还把我们所有人都坑死了。"但他没说出口，因为他想让女儿拥有更高尚的灵魂。

"他们应该赔你钱。"她说。

泰迪可以待在家里这么长时间，莉亚很高兴。她让他帮忙料理花园。他抱怨背疼，不适合做除草工作——她怎么能让他做这种事？但他还是坚持了下来。太阳没那么晒，在院子里忙活一下也很好。最后他们开始了互扔黑莓比赛，她可是个神射手。但当泰迪摘下一颗青西红柿，打算将战争升级时，她制止了。"你知道它在农贸市场能卖多少钱吗？你完全不知道我靠这个花园省下了多少钱。"

不花钱的西红柿，谁会不喜欢呢？但他很遗憾莉亚提到了钱。在长达六个月的时间里，公司一直在缩减她的工作时长。她在一家医院的收费处工作——人们难道都不生病了吗？他们两个人负债累累，这让泰迪又恨起那个撞上他卡车的混蛋来。

"唉，别耿耿于怀了，"莉亚说，"你在那个年纪也做过蠢事吧。"

他们在门廊上，一边吃加糖的黑莓，一边讨论这件事。确实，即使是莉亚这样明智的人，年轻的时候也做过蠢事。她曾经醉醺醺地睡着，然后用一支香烟把床给点着了；她还在大半夜搭便车去蒙特利尔，好不容易才脱离了危险。

"他付出的代价比我大多了，"莉亚说，"那个孩子。"

莉亚当然是对的，泰迪只是心疼那些钱。"我敢打赌，他正急着去见哪个女孩。"泰迪说。事实上他并不愿意做过多的联想。

"或是某个男孩，"莉亚说，"你也知道，现在的年轻人更开放了。"

"我希望他在天上也能有愉快的性爱。"泰迪几乎说出了口。他觉得把天堂想象成一个地方实在是太小看它了，但谁都会忍不住这么想。泰迪并不经常为死人祈祷（那有什么好处呢？），但如果可以，他愿意给那个死去的疯狂家伙送去一些美好的东西。因为他是那么年轻，而且再也没有变老的可能了。

莉亚站起来走回花园，开始清扫小路上的树叶。她把这所房子打理得无可挑剔。这是一幢五十年代的房子，四四方方，十分窄小，她早在遇见他之前就拥有了它，但多年以来，这里已经变成他们共同的家了。春天泰迪刚更换了屋顶上的很多瓦片，如果还是漏雨就麻烦了。他爱这所房子，他爱回到这个家里。

泰迪去开回卡车的时候，他让朋友杰克逊送他过去。杰克逊知道萨莉的事，说："谁没有几段露水情缘呢。"

果真如此吗？起码杰克逊就没有过，所以他说泰迪交了好运，他不知道其实萨莉的年纪比莉亚要大。但对泰迪而言，他和萨莉的过去使得他们的风流韵事像是在重温年轻的时光，事实也正是如此。

这一路花了五个多小时，中途他们还吃了顿饭、喝了杯咖啡。杰克逊是个讲义气的朋友，他连汽油费都不让泰迪出。直到确信卡车已经修好，他才离开修理店，他才不会把泰迪扔在这个该死的马里兰州中心地段。他从窗户里向泰迪挥手告别，对他喊："乖一点儿，要是去做坏事，也得小心点儿。"仿佛这是在一九五二年似的。

当泰迪把车开进莎莉的停车道时，他仔细考虑了杰克逊的话。他开着杰克逊的斯巴鲁也许会更帅气，但是，这辆卡车（带有螺栓和焊接的补丁及花了大价钱修复的刹车线）是属于他的。他能看到萨莉在大飘窗后移动的身影。他被漫长的车程搞得精疲力尽，这时他想到——他已经不止一次这么想了，对于萨莉这样的人来说，他算是生活中的失败者，确实，每当有机会成功时他总是搞得一团糟。但他拥有很多的爱和幸福，这才是最重要的——希望它们不会被他此刻的作为影响到。

萨莉开门的时候用那种眼神看着他，那副既满足，又饥渴，又觉得有些好笑的神态。她说："你好呀，好搭档。"这是他们的一个老笑话。泰迪像往常一样深情拥吻了她——尽管他们并没有在一起，他只是一个偷吃的男人。

她也许已经意识到了这一点。她把他引到厨房，从冰箱里拿出一壶冰镇的茶水。"别人开的车，你怎么看起来也那么累？"她说。

取回了他的半挂式卡车，泰迪很高兴，就此发表了一番言论，他暗暗担心修车店会找出别的什么费钱修理的毛病。

萨莉也谈起了自己的生活。"我已经工作了一个礼拜了，累得像狗一样。"

"狗不会这么擅长电脑，"泰迪说，"它会直接把键盘吃掉。"

萨莉说老板让她组织今年的员工进修会——进修会是什么？既然泰迪问起，萨莉解释说，就是那种员工一起去乡下的旅馆讨论他们对未来的计划的活动。她做了个要吐的手势，手指戳进食管，就像艾普丽尔那样。

"卡车司机才不会有这种活动，"泰迪说，"我们讨论起计划才不会这么正式。"

"你们也有计划吗？"

"我们有，但是嘛，天机不可泄露。"

这些开着卡车的哲学家们大多单身，有太多的时间来胡思乱想，于是衍生出了太多的理论。泰迪很清楚，他能结婚简直是撞了大运。连着好几天奔波在路上，连个能聊天的鬼都遇不到，然后又能回到家里、回到亲人身边。这两种模式切换的日子很适合他这样的人。刚遇到莉亚的时候，他已经孤单了很久，他浑身紧绷，异常害羞。

看看现在吧，萨莉觉得他已经谈得够多了，于是从桌子旁边站起身，把他领到楼上的卧室。床单整理得紧绷绷的，硬币落在上面都能弹起来。梳妆台上有一瓶花，是为他准备的。事实上应该是为她自己准备的（他哪里需要什么玫瑰？），她喜欢浪漫。

泰迪已经能感觉到，自己并不想待在这儿，但如果这时退缩就太过分了。他并不想伤害萨莉，也许他没有这么讨厌这儿，可以勉强留下来——显然他做到了，他这次的表现不算空前地好，但也差强人意。性爱本身的力量战胜了一切，他们还算和谐。

这之后，他们躺在舒适凉爽的空调房里，汗水逐渐被吹干，萨莉说："这和从前根本没什么两样，我还是要等着你开着卡车出现，一次又一次地等待。"

他没料到会发生这种事，她的声音听起来饱含怒气。

"我觉得我们还是别再见面了，"她说，"我受够了，行吗？"

"你想清楚了？"他说。

"当然。"

这对他来说是个坏消息，尽管这个结果对谁都好。他说："好吧，如果你确定。"她还是很漂亮，他把手放在她的臀部，他马上就要离开这里了，但他不想那么快就站起来。"那就这样吧。"他说。他也并非总是那么喜欢她，比如她现在的样子他就很不喜欢，也许那时候也是。但他想要停留片刻，用来记住——和她在一起的青春是那样美好。

他们都睡着了——像一对和睦的夫妻一样，然后他起身，冲澡，准备离开。窗外天色渐暗，白色的月亮已经升上来。他也有点饿了，但和萨莉一起吃晚餐显然不合适。他再也不会和她见面了，对吗？

"开车小心，"她在门口说，"别再出事故了。"

"那不是我的错。"

"出了事的人都这么说。"她轻声笑着说。

"我会小心的。"他说，像在回答杰克逊一样。

他饿极了，但他不想开着卡车在萨莉所在的城镇乱转，也不想开到华盛顿拥堵的街道上。他开回 95 号州际公路，从那里往南开有个休息站。夜幕已经降临，其余的地方都闪着霓虹般的光亮，那是街边小吃店和加油站的灯光。多愉快多轻松啊！坐在胶木卡座上，大口吃着时兴的双层芝士堡、炸薯条、苹果派。他的吃相看起来像跑了一整天马拉松的人。

他本打算在萨莉家过夜，计划有变，现在他可以通宵开车回家和莉亚待在一起了。但等到吃完苹果派，谨慎起见，他还是决定黎明再出发。他的半挂车是可以睡的，后座塞着一个床垫，他可以在那儿将就一夜。事实上，莉亚也以为他正在这样做。

他给莉亚发了一条短信：卡车没问题了，一如既往地想你，也想艾普丽尔，给你们我全部的爱。这其中没有半句谎话。这条信息里藏着灼热的真相。

他不能在餐馆的卡座上待太久，于是他走到室外。外面已经是美丽的夏夜，清澈而柔和。他坐在停车场边缘的长椅上，边上有灌木丛，车辆呼啸着开下去。事故发生地离这儿不远，是吗？事实上那个司机很可能就是从这儿出去的，而泰迪的车当时正在往前走。

艾普丽尔有一些自称相信鬼魂的朋友，泰迪嘲笑过他们。但他希望这个死去的男孩可以知道：卡车已经修好了，他这个司机也好好的。"别担心。"他想对这个男孩说，听说鬼魂总是焦躁不安。"愿你在天堂享受美好的时光，愿你安息。我们两清了，这事就这么结束吧。"仿佛他们可以隔着生死之界握手似的。

高速公路上方，一轮圆月正飘浮在漆黑的夜空，一颗星星也看不见。泰迪在想着萨莉，想着他漫长一生（甚至还没有那么漫长）里的那么多旧时光，这些事情充斥他的脑海。他从未如此真切地感到年轻岁月已经一去不返，直到现在他失去了萨莉——后来的萨莉——才让他有了真实感。太糟糕了，事情就是这样：你最终会释然，但你现在并不高兴。

他在车里睡得并不安稳，被五点半的手机闹钟叫醒的时候，他可以看到缓缓亮起的玫瑰粉色天空，无论怎么看都是那么漂亮。他在休息处整理了一下自己，因为还没有小吃店开门，他就从贩卖机买了一杯咖啡，发短信给莉亚说会在午饭前到家。当他在入口坡道脚踩刹车，放缓车速，找准时机汇入车流时，他想到："生死面前根本没有公平可言，我的运气又是从哪儿来的呢？"接着他就开进了高速公路的车流里。

进门时，家里正在举行盛大的周日早午餐会。日头越来越热了，他们正在阴凉的后门廊上，周围放着风扇。列席的有艾普丽尔和她的朋友内莉、莉亚的朋友芭芭拉，还有莉亚——准备这桌饭菜的人。他们面前是一片狼藉的盘子，里面有些培根、煎饼、黑莓和鲜奶油。莉亚说："给你留了足够的量。"

他还没准备好面对这么多人。艾普丽尔的朋友内莉说："你觉得华盛顿是一个宜居的地方吗？"

艾普丽尔嗤之以鼻："他不会注意到这些的，他只知道开车。"

泰迪下周上路，在此之前，他的律师打电话说了一些进展。相较于人身伤害，财产损失的理赔总要晚很多。律师问泰迪有没有觉得自己有什么后遗症——头痛、癫痫、重影、一阵阵的头晕？有时候这些症状要过段时间才会出现。泰迪想，这真是个卑鄙的家伙，偏偏他又是那个直肠子的杰克逊推荐来的。在金钱面前，人人都想变得聪明点儿。"我因为修车花了一大笔钱而长期消化不良。"泰迪说。这些假话早晚会被拆穿，其实他健壮如牛。

　　那个已经收到一笔代理费的律师想让他支付更多费用，泰迪想拖一拖。他得偿还银行贷给他的修理费，他得继续付卡车保险费和贷款，他得帮莉亚还房贷，夏天快结束时他们还要面对艾普丽尔的学费。还好他有足够的活可以干，今年承包商一点儿都没拖后腿，只要他吃得消，想运多少货就有多少。但他隐隐有一种快要天降横财的预感——傻瓜才会相信这种预感。

　　艾普丽尔问他："你有过差点儿死掉的经历吗？"

　　泰迪怀疑互助会的老瘾君子给她讲了太多战争故事。艾普丽尔差点就毁掉了自己的一生，但好在她及时改过了。或许因此她有点儿不甘心。

"没有吧，"泰迪说，"非要说有的话，就是我在斯波坎附近下车尿尿时遇见大脚怪的那次。他太狂躁了。"

"得了吧。"

"我没告诉过你那个故事吗？"

"那个撞了你卡车的人，"艾普丽尔说，"你觉得他知道发生了什么吗？"

"他知道。"

"你觉得他在想什么？"

"也许他在请求上帝在最后关头放他一马，人总想讨价还价，我们都一样。"

"上帝从不讨价还价，"艾普丽尔说，"我不知道为什么人们要白费力气去忏悔和许诺。"

"我知道。"泰迪说。

保险公司还没有赔付，他知道有车祸险，但按照律师的说法，在这种问题上有很高的免赔额度及可商榷空间。"别太在意。"莉亚说。

"人怎么能不在意钱呢？"他说。他们在超市里边走边谈这个问题，他们正在为感恩节晚餐采购食材，莉亚要请十八个人吃饭。

"如果你后天就死了呢？"莉亚说着，把两夸脱重的奶油扔进手推车，"你想让来哀悼的人谈谈在你家吃的这顿饭有多小气吗？"她又扔了两磅黄油进去。

泰迪生活在两个世界里，一边是堆满了各种物品的漂亮房间，另一边是隐藏在墙后的堆满账单和即将到期的贷款文件的坟场。"所有人都是这么生活的。"莉亚说。这一点儿说服力也没有。

就在感恩节那天，他在手机上收到了萨莉的邮件。"也许我对你太苛刻了。"她写道。这是他第一次听她说这种话。"开卡车是你的职业，你是一个勤奋的人。"这是废话，但重点是她说，碰巧要开车往南去的时候，如果他依然感兴趣，她不会把他拒之门外。

泰迪没有回信，但整个感恩节晚餐他都因过于丰富的选择和过多的机会感到胃胀。桌上放这么多食物是有道理的，他笑着看那些红薯、白薯、球芽甘蓝、奶油洋葱、玉米布丁、青豆砂锅、白肉、红肉、馅料，还有两种蔓越莓酱。这就是它的美妙之处。"爸爸，"艾普丽尔说，"你能不能别弄得我盘子周围到处都是肉汁？"

"大家都加油吃，"他说，"不准剩！"

他没有立刻给萨莉回信，等他想好说什么的时候他会回的。他回想起开车碾过她那件漂亮的黑色小洋装的事，他痛恨那件衣服，它就那样挂在衣柜门上，等着让她穿出门去，和她的朋友们待在一起。他讨厌她在朋友们面前的样子，兴味盎然、自以为是，对所有男人卖弄风情。当他抓住那件衣服冲出门去，把它扔到车道上时，她正在尖叫。"你这个该死的废物。"她尖叫道。但她离那辆行驶中的卡车远远的，她害怕卡车。他记不得自己居然曾是那样的人——不，其实他记得。

他写完最后给她的道歉信时，互助会有人建议他给她买一件连衣裙，送一件新的给她。但谁会想要前夫送的裙子？送支票也像是在羞辱她。也有人建议送礼品券（这是什么？）。他觉得只要真诚地忏悔就够了，这对他来说已经是仁至义尽。但生命中那些可称量的、具体的、有形的东西值多少钱，那些真挚的想法又值多少钱呢？他依旧在琢磨这个。

而且，也许在这个问题上他的认知已经足够了，因为他并不打算再见萨莉本人。他已经这么决定了，尽管她依旧萦绕在他脑海里。如果没有必要，为什么非要做个混蛋呢？当他终于开始写信的时候，这套逻辑在他脑海中很强烈。也许她因为太久没收到回信已经生气了，她讨厌等待。

直到二月，律师才告诉泰迪保险公司的钱终于到账了。律师说："可能没你预想中那么多，但你应该也不会失望。"它远远没能达到应有的数额，但也不少了。泰迪可以把它存进银行，偿还一些债务。只是一些。

"他们是吸血鬼，完全不在乎我们的处境。你的律师也是，一个吸血的混蛋。"艾普丽尔说。

莉亚惊讶于他们最终居然收到了钱，她说"值得庆祝"。泰迪说他不打算在外面举杯庆祝，他只想把这事抛在脑后。这个要求过分吗？他只想好好开他的卡车。

"你说得对，"莉亚说，"这事结束了，了结了。"

他给萨莉写信表明决心的两个月之后，发现自己正带着一车汤罐头行驶在 95 号州际公路上，离她住的地方不远。他没打算去那里，没有去的必要。但他还是停在了巴尔的摩外的休息站，那里确实是一路上最好的休息站之一。一切看起来都是那么熟悉，包括那些标识牌、商店和灌木丛带。

这是一个寒冷冬日的下午三点左右，他需要来杯咖啡、上个厕所，离开高速公路休息一下。坐在咖啡馆里，来一个甜甜圈，这是他的幸福时刻。他在柜台待了将近一个小时，怎么也不想回到路上，那个高速路的入口看上去简直像鬼门关。

艾普丽尔问他有没有过濒死体验。他当然有过，都是在年轻的时候。有一次他醉醺醺地走在一个结冰的池塘上，半途冰裂开了；有一次他和一个女人同坐一辆车，那个女人开着车冲进了一条沟里；有一次他和一个男人打架，那个人不要命似的向他扑过来。可以说他年轻时的那些日子过得很开心，但在某些方面，"年轻"这个词被严重高估了。

好吧，现在他无论如何都得回到卡车里了。他站起来，穿过冰冷的停车场。坐在车里，他又一次透过挡风玻璃向外看。没有人命令他必须在这个休息站停车。他想念萨莉，这个地方加剧了他的痛苦，他满脑子都是她的声音，还有关于她的其他回忆。他们不会再见面了，就这样吧。

必须承认，泰迪是一个好司机。发动卡车开出停车场时，他开得很慢，注意到了各个路口，溜上斜坡，耐心等了很久才汇入车流。他一直在想那个不幸的男孩，他开着那辆破车，正急着去见某个女孩。

5

琪琪意识到，蕾娜和她的男朋友遇到了麻烦。不然她没有理由住在琪琪的公寓里，还找借口说什么游乐场——是为了避开他吗？上次她们一起吃午餐时，蕾娜那么急不可耐地回复他的短信，好像让他等着是天大的罪过似的。这可不是个好迹象。

琪琪知道侄女不喜欢太多的说教和建议，但也许是时候让她清醒一下了。蕾娜一直缠着她问奥斯曼的事，还有那些年她在土耳其谜一样的婚姻生活——这是她的求救方式吗？琪琪总是避免说奥斯曼的坏话（她可没有蕾娜的父母那么刻薄），这让蕾娜很困惑："他究竟怎么回事？你从没告诉过我，你为什么离开。"

和奥斯曼共度的最美好的时光就是在伊斯坦布尔的那些年。那是一座最雄伟的城市——她曾经在黄昏时站在窗边，看着成群的海鸥划着优美的弧线盘旋在尖塔和宣礼塔之间。冬日的黄昏，她等着奥斯曼回家，听着脚步声在楼下的街道响起。但无论她多么痴恋，多么沉迷，她也从未企盼爱情能够长久。

奥斯曼当时做了什么？他的行为真的比她更加成熟、严肃吗？他又在她身上看到了什么？他也立刻爱上了她，他们见面的第一个下午就聊了三个小时，他用格外性感的语气说琪琪有多么"与众不同"。

迄今为止，琪琪都在庆幸自己选择了土耳其。但那只是个随机选择，她走下希腊开来的轮渡，只是来这里随便逛逛。她给家人写的信里说它是"东西方的交汇处"，其实是想说它有一种西方所不具备的神秘感，有一些她猜不透的地方，她相信假以时日自己一定能弄清楚。

以前她和朋友帕特从城墙走过——那是古老的狄奥多西城墙，她们看到吉卜赛女人在年代久远的石刻附近，在泥地上寻找植物制作菜肴，帕特说现在还能在那儿看到这种场景。

现在所有人都对土耳其有了负面看法，最近的新闻里都是伊斯坦布尔的消息，说人们正在抗议某个政府工程，反对他们将塔克西姆附近的那个公园改建成仿古购物中心。电视上出现了成群结队的警察，他们使用高压水枪和催泪瓦斯，还对示威者的帐篷放火。新闻报道的氛围从愉快变成了恐怖，从游行示威者们排着队边跳舞边挥动俏皮的标语，变成了人们尖叫着逃离现场。

她太熟悉这些了。和奥斯曼一起的那些年，琪琪曾经给家人写信说，他们所读到的"暴动"并没有那么恐怖——很多国家都有工人罢工和学生运动，伊斯坦布尔发生的这些也没有什么特别。她那时确实认为没必要担心这些，直到多年以后，街头运动才变得更加暴力和混乱。炸弹在咖啡馆里爆炸，狙击手从屋顶朝着工人游行队伍开枪，右翼激进组织"灰狼"派出敢死队偷袭左翼人士的住处、实施暗杀，左翼派别开始支持武装叛乱。琪琪坚守在原地，但很多外国人都被吓跑了。没有人再在奥斯曼的店里闲逛，他的地毯变得乏人问津。没必要在信里说这些，再说这些信要很久才能寄到。

奥斯曼有自己的观点，他支持劳工，虽然他从未参与过他们的运动。怎么会有人支持暗杀呢？但他的一些朋友却支持。他们通宵达旦地讨论这个问题，而琪琪没有办法理解。

她应该更努力地去理解他们。比起一个街区以外发生的事，她总是更了解六世纪时狄奥多拉皇后对查士丁尼说了什么。她以为自己在哪儿？是在有土耳其守护者保护的温柔乡里，还是在守卫森严的后花园与帕特闲聊？但她对他的爱是真挚的。

在琪琪眼中，帕特还和从前一样。多神奇啊，她只是更加清瘦，添了更多皱纹，但总体变化不大——还是留着一簇簇浅棕色短发，脸上露出俏皮又警觉的神色，声音沙哑。帕特几乎每年都来美国，每次琪琪都惊叹于岁月对她的仁慈。

提起在伊斯坦布尔的那些年轻岁月，她们总是说："再也回不去了，你觉得呢？"帕特留下来了。她在塔克西姆北部有一间很棒的公寓，大而杂乱，有着平开窗和爬满常春藤的露台，这是她那位离开了二十余年的丈夫留下的。她有两个孩子，现在都长大了。琪琪看过他们各种各样的照片，或是突然跳出来的电子邮件，或是塞在信封里寄来的快照。她还保存着帕特的儿子九岁左右时的一张照片，他为了自己的割礼，精心打扮成一个小战士，穿着绸缎衣裤、披着亮片披风、戴着饰有羽毛的帽子。琪琪觉得，他们才是真正的土耳其人。帕特过着完全土耳其式的生活。

每次回来，帕特都会说伊斯坦布尔变了，如今更为整洁和现代，不再充斥着破损的建筑。每年帕特都邀请琪琪再来土耳其，每次琪琪都说以后会去的。

现在奥斯曼开始与琪琪通信了，突然之间，他就给她发起了邮件。她已经有三十余年没有听到过这个男人的声音了。照片上的他看起来老了一些，但变化不大。这么多年过去了，对他而言，琪琪一定变成了一团模糊的回忆，一堆乱七八糟的形容词，几句不连贯的英语表述和激情时刻的幸福体验。是记不清了，但从未忘记。现代人生活里总有这个疑问，旧爱们现在过得怎么样？

琪琪正在回想帕特家的街道，一排排旧的奥斯曼式建筑，有窗户的房间从上层延伸出来。也许她本可以拥有帕特的生活——现在她们一见面琪琪就会这样想。如果她和奥斯曼没有搬去农场，也许她本可以永远待在土耳其。

这是一个又小又破的农场，一开始她还很骄傲，爱情终究把她带往了下一站。一个来自布鲁克林的女孩在喂鸡养鹅——她被卷入一个全新的世界，那里有一切古老的生活方式。一年中有半年时间，农场周围的乡村看起来都像沙漠，但这是一种肥沃的火山土壤，冰雪融化后会呈现绿色。奥斯曼的阿姨教她帮忙做谷仓和厨房的活儿，还有各种清洗工作。琪琪完全不介意做这些没有臭味的活儿，但有些就很可怕——比如杀鸡，而且这种活儿占的比重太大了，在她面前堆积如山。奥斯曼还在因为搬家而心灰意冷，在她看来，他和以前不太一样了。

她没想到自己在那里会感到孤独。她原以为自己乐于独处，早已摆脱了无趣的闲聊。但在农场工作的那种孤独感是不一样的。他们还会因为陈芝麻烂谷子的事责备她，每一项工作都需要注意，每一天都有新的工作。

冬天最是难熬，天不亮就要进厨房干活，雪连下好几天，房子里从来没有暖和过。连公鸡的啼鸣里都充满了怨气，它们要抱成一团才能度过漫漫长夜。如果不是因为那帮老古董（她真的用了这个词？哈，品味一下它的学术气息吧），也许她能待上几年，度过好几个冬夏。她曾经比世上任何人都了解它们，她曾经那么想好好看一看、摸一摸它们。

那三个德国人是在一九七七年夏天来这里的。迪特尔、布鲁诺和他的女朋友斯特菲。他们驾驶着一辆大众汽车穿过这个地区，路上停下来看了看果树。琪琪告诉他们可以摘一些桃子（他们本来也打算这么做了）——她很高兴能看到外国人。农场位于卡帕多西亚的南部边缘，游客从来不会来这里。琪琪与他们先后用土耳其语和英语交谈——他们英语都说得很好。

那个女孩在牛仔裤外面搭配了一条长 T 恤，在臀部打了个结。"我也可以这样穿。"琪琪想，好像她还有什么必要穿得时尚一点似的。"你住在这间屋子里吗？"布鲁诺问，他是那个个头更高、头发更偏金黄的人。

琪琪邀请他们一起用晚餐，奥斯曼的阿姨一句话也没抱怨——她太好奇了，奥斯曼和他的父亲也上楼去整理了一番，比平时用餐时显得更整洁。

布鲁诺说："这是我在土耳其吃过的最棒的茄子。"

"我觉得你现在生活得不错。"迪特尔说。他正在欣赏桌下的基里姆地毯，这是科尼亚出产的宝贝，带有红黑相间的几何花纹。

"我以前卖这些，"奥斯曼说，"我不够聪明，因此只能搬到一个没有聪明人的地方。"这话听起来多痛苦啊，她可怜的丈夫。

他的父亲只能听懂一点儿，说："奥斯曼卖的地毯非常非常棒。"琪琪帮他翻译了。

"我们在卖东西，但我们没有店面。"斯特菲说。

奥斯曼的父亲拿出那瓶拉基酒，连阿伊莎阿姨都喝了几杯。阿伊莎兴致很高，问客人们会不会唱歌。令琪琪吃惊的是，迪特尔唱了一首《我想牵着你的手》，唱得还不错。"来，我们一起手牵手！"他戴着约翰·列侬那种镶边眼镜，嗓音很动听。唱最后一节时，他向琪琪伸出手。那时天色已经黑了，他们点亮了桌上的灯笼，奥斯曼的父亲不让他们在这个时间开车去别的地方。现在已经没有强盗了，但万一遇上什么坏人呢。

老人们上床睡觉后，奥斯曼的英语有些是从摇滚唱片里学的，他自告奋勇要唱披头士乐队的歌。他唱完了《米歇尔》和《洛奇·拉昆》，"米歇尔，我的美人。"他模仿得多像啊——一会儿听起来像保罗，一会儿听起来像约翰！琪琪放声大笑，简直有些歇斯底里。通常这个时候奥斯曼已经上床睡觉了。

他们觉得披头士的歌听起来太老了，但什么叫"老"？奥斯曼问了一句，仿佛要在椅子上睡着了，这时斯特菲从车上拿回了一个东西，用来举例说明什么叫"老"。她拿回一个巨大的粗呢旅行袋，拉开拉链，里面装着一个大陶瓶，被两条毯子包裹着，用线系了起来——这是一个双耳瓶。暗淡干燥的赤陶土，肥大的曲线型肚子和长长的瓶颈，两个有设计感的把手，尖尖的底部——这是在一艘希腊沉船上找到的，被埋进了沙子里。这是一个实用物件，用完就可以打碎，但当斯特菲敲打它时，琪琪还是倒吸了一口气。这也许有两千年历史了。"差不多。"斯特菲说。

当然，这可能是一件赝品。这些德国人不是专家，只是一群自以为是的骗子。双耳瓶也没有那么罕见，甚至不怎么值钱。但琪琪看着它的时候忘记了呼吸，因为它就在她面前。德国人被她的反应逗乐了，拿出另外一件——这件更破旧，瓶口有一处缺口，海藻爬满了其中一边。

奥斯曼醒来时，她正要鼓起勇气触碰它。他用土耳其语说："这是什么？"她告诉了他。奥斯曼坐着，慢慢反应过来他们在干什么，所有人都一言不发。

这时布鲁诺把手伸进夹克衫口袋，炫耀他那一袋拜占庭金币。他拿了一枚放在琪琪手上——像五分钱那么大，像一分钱那么薄——她看到了皇帝的头像，草草画的，像漫画一样。她试着识别周围的文字，"D N IVSTINI I"，有没有可能是指查士丁尼一世呢？也许吧。

"你睡觉前必须把它们放回车里，"奥斯曼说，"不要让这些东西留在我家里。"他站起来走开，连一句晚安也没说。

"他喝多了，夜也深了，"琪琪说，"睡之前我能多看几块钱币吗？"

"她喜欢这玩意儿，我就知道她会喜欢。"布鲁诺说。

迪特尔说："她对这些东西有点儿研究。"

他们的宝贝真是五花八门，其中最漂亮的是塞尔柱王朝的瓷砖——蓝绿色的釉上带有黑色的笔迹。如果是真货，这就是来自十三世纪的东西。他们是不是撞到什么便宜就买什么？显然是。

"不会说土耳其语，我们这桩生意有点儿难做啊，"迪特尔说，"要是有个懂土耳其语的人就好了。"

"或许你可以跟我们一起度个假什么的。"斯特菲说。

"不会耽误你太久，"迪特尔说，"除非你想待久一点儿。"他长得也不难看，浓密的棕色头发都向后梳，眼神很坚定。

琪琪震惊了，她甚至都不认识这些人。他们半途来到这儿，是代表下一次奇遇来召唤她的吗？布鲁诺用德语跟其他人说着什么。斯特菲说："我们可以早上再谈。"琪琪从柜子里拿出寝具给他们，她注意到了自己的兴奋。

她走进房间时，奥斯曼还没有睡觉。

"你可以和你的朋友们再待晚一点儿，"他在床上说，"我知道你很想那样。"

"谁说的，没有。"她说。

她躺在他旁边。他在晚饭前没能好好洗个澡，所以她靠近的时候，闻到他皮肤上那一丝谷仓的味道（她喜欢过这个味道）。他工作得多努力啊，这是一个在认真生活的人。那些德国人看起来更年轻些，他们在犯罪，这当然不是一件可以儿戏的事，但他们却表现得仿佛这只是一场游戏，只是一次旅行的机会。

她和奥斯曼静静地躺在床上，直到她听到他在睡梦中发出缓慢的呼吸声。黎明前两小时祈祷的号角声响起时，琪琪还没有入睡。奥斯曼和他父亲并不常去清真寺，他的父亲是一个老派的阿塔图尔克粉丝，反对教权；但阿伊莎阿姨却带有某种可爱的虔诚。进入村子里时，琪琪会包裹得严严实实，但没人管她这些，她可以做自己。但"她自己"又是谁呢？

她可以为这样一次鲁莽又有趣的冒险一走了之吗？她是这样的人吗？她仿佛能化身为土耳其历史专家，在欧洲开启亡命天涯的新生活，多么性感。是什么让她觉得自己可以成为一个农场主妇呢？如果想要活得更深刻一点儿——这种浪漫的想法有其可取之处，农场生活对此确实有所裨益。一开始来到农场时，她感觉从前的大多数认知都显得华而不实、毫无用处。

她是一个头脑冷静的人，却放任自己随爱逐流，对此，她并不后悔。爱是她的信仰吗？那她真算是个虔诚的苦行僧了。当时如果没有奥斯曼，也会有其他人。那个叫迪特尔的男人是不是对她有意？琪琪幻想了一番，如果他是自己的爱人，一定会自信十足、毫无保留又极度为她着迷吧。也许德国是一个宜居的地方。犹太人在柏林能像在其他地方一样自由来去吗？——据说现在可以了。躺在奥斯曼旁边想这些事是不是太奇怪了，这昭示了什么？

琪琪第二天醒来，为奥斯曼和他的父亲准备早餐时（能准时醒来真是一个奇迹），她的第一个念头是：希望这些德国人已经把他们的战利品按要求放回车里了。奥斯曼还在睡觉的时候，她偷偷看了一眼楼下的房间——她让他们都睡在了垫子上，借着晨光，她看到两个红土双耳瓶依旧没有包好，散在他们成堆的衣服旁边。如果斯特菲在睡梦中滚得太远，会正好撞上它们。

这让琪琪感到生气，这些人毫不爱惜他们走私的任何东西。这些东西出现在哪儿？五千里以外谁家的书架上吗？奥斯曼确实有理由感到害怕。

琪琪在厨房的炉灶里生了火，把大麦和剩下的面包加热，煮了咖啡。一闻到味道，奥斯曼和他的父亲就会下楼——他们确实下来了。

奥斯曼的父亲说："亲爱的客人们正梦到他们在消化这笔横财吧。"

"他们还要睡多久？几天吗？"奥斯曼说。

等到这些德国人终于起来，男人们已经去地里干活了，琪琪在鸡舍忙活。她能听到他们在厨房试着与阿伊莎阿姨聊天。琪琪进来时，他们都在开心地吃着桃子，迪特尔正用一些滑稽画来展示德国在哪里，阿伊莎阿姨捂着嘴咯咯直笑。

几个小时后，奥斯曼和他的父亲回来吃午饭，布鲁诺模仿了院子里的鸡，他们都被这场模仿秀逗得捧腹大笑——原来布鲁诺有滑稽的一面。斯特菲穿着一件围裙——扁豆汤准备好了，炖马齿苋也做好了。"到点儿吃饭了。"琪琪说，用了一句只有奥斯曼能理解的话。奥斯曼一言不发地坐下，斯特菲说："如果现在是在柏林，我会吃腌鲱鱼来治我的宿醉，这个法子真的有用。"琪琪被她的话逗到喷饭。随奥斯曼怎么瞪眼睛，琪琪才不会阻止自己愉快的笑声。

琪琪帮这些德国人收拾车子的时候，男人们回地里干活了。她把双耳瓶用毛毯包得严严实实，塞在箱子中间。迪特尔说："看，你做事多仔细，你应该一起来的。"斯特菲写下安卡拉一家旅馆的名字，说："如果你决定了，一周以后可以来这里找我们。"琪琪说过自己在做什么决定吗？迪特尔给了她一个纪念品——一枚一九〇三年的奥斯曼帝国钱币，生了锈，上面有阿拉伯字母。他看着她的眼睛说："不值什么钱，只是好看而已。"琪琪到现在还留着它，它象征着一种无拘无束的生活方式。

"我知道，你和新朋友们玩得很开心。"那天晚上，奥斯曼在他们的房间里说。他的语气酸溜溜的，无论是反驳还是承认，都不会让他满意。琪琪争辩道，她爱他，她哪儿也不会去，难道还得向他发誓吗？但重要的不是琪琪说了什么。奥斯曼看到了她和那些人在一起时那副兴奋的样子，看看那都是些什么人吧。他说："他们一定觉得奇怪，你这样的人怎么会住在这里，住在这么一个弹丸大小的村子里。我打赌，他们一定觉得你的老古板丈夫头脑简单，蠢到会认为你会真的留下来。"

好吧，也许她并不想留下来，也许她从来没有想过留下来，也许整件事从一开始就是个错误。这也不是她的主意，这个计划完全是他一个人的决定——她忍不住把这些都说了出来，这意味着他们进入了一个彼此都厌烦的新阶段。

这个阶段很微妙，需要一种非常强烈的爱才能把他们捆绑在一起，习惯是远远不够的。他们努力了很久，想找回他们曾经拥有的那种强烈情感。快分手时，她绝望地尝试说服他和她一起搬去美国。奥斯曼说，他不想离开家人，谁会做这种背井离乡的事呢？好吧，琪琪做了，他从来没有因此而对她高看一眼。

她后悔没有抓住机会和那些德国人一起离开。在农舍里，她和奥斯曼每次见面都感到无所适从，为自己的变心而羞愧。阿伊莎阿姨和奥斯曼的父亲也不知道该怎么做，他的父亲越来越寡言少语。而经常和琪琪一起干活的阿伊莎，则变得愈发不耐烦，动不动就发怒。她斥责琪琪给鸡喂了太多饲料，地也拖得不干净。阿伊莎对她失去了信任。

但问题的核心还是奥斯曼。每当琪琪准备离开时，她都会想起曾经坚定选择奥斯曼的理由。他是最可爱的男人，他拥有最罕见的灵魂，自己在干什么？但当他们亲切地想要通过谈话或是性爱接近对方时，那些姿势又是多么苍白和做作。真相渐渐显露，吞噬着他们所剩无几的情感。

琪琪离开农场的时候，要一路乘公共汽车去伊斯坦布尔。她回去的日子选得真好，在十一月末来赶这段长路。她冻了一路，也看了一路窗外的景象：圆锥形塞尔柱风格的塔，奥斯曼帝国时代的清真寺遗迹，游客们趋之若鹜的石灰岩洞穴和"精灵烟囱"。她想着：她是不是一直都讨厌土耳其？窗外有的是美好的东西，她却一样也不爱；它们变成了她厌恶的风景，这进一步证明了一点——这儿的一切都不属于她。

到了安卡拉，她必须换乘公共汽车。等待期间，她坐在长椅上，行李堆在周围以防被偷。一个人一直在问她："你来自美国，还是英国或德国？ ①快告诉我吧！"另一个年轻些的人一直询问她想不想跟他结婚。他们都不是危险分子，但她对他们厌恶至极。

伊斯坦布尔至少会好一些。奥斯曼曾经那么堂而皇之地，用他最纯粹的方式，把他们拖去了那个农场，她也曾经那么虚伪地同意了这个安排。她对自己有过信心吗？当然有过。在伊斯坦布尔，她可以变回那个自己，她不会让奥斯曼挡住她的去路。

车开进城市的时候，她非常高兴。这是她的城市，有着庄严的林荫大道和破败的老房子。她住在帕特家，那是在一条有斜坡的街道上。帕特那时候有丈夫，生了第一个孩子。琪琪和那个三岁的孩子住在同一个房间，这个活泼的女孩睡相不太好。她几乎身无分文，奥斯曼表示说愿意尽可能多匀出一些钱给她，但总共并没有多少。

她把店里卖剩下的三块地毯带上车，放在座位上方，它们折起来小得让人吃惊。奥斯曼想让她带着这份馈赠，有朝

---

① 原文中的"英国"和"德国"用的是土耳其语。

一日无论她的家是什么样子，都可以用到它们。他把地毯从储藏室拿出来，用长久的拥抱和深吻来与她隆重道别。

现在，它们都在她和帕特的小女儿同住的房间的小床底下。她找到了工作，她知道该如何工作，她会赚到钱的。晚上，在一阵阵的睡梦和惊醒间，琪琪再一次意识到她真的失去了奥斯曼，他们再无可能共同迈向另一个结果，她的悔意仿佛生出了利齿，撕咬着她的心脏。尽管她说不出来自己究竟在后悔什么，也说不出想在哪个节点上重新选择一次。

早饭时，帕特的丈夫哈利勒开玩笑说她是一个农妇，告诉他女儿琪琪曾经独自拉过犁，就像牛一样，孩子相信了。琪琪不把哈利勒的话放在心上，有时他会吹牛，但有时他也很有趣。"这座城市的人因政见不同而互相残杀，你是因为这个特意回来的吗？"哈利勒说。

帕特说："拜托，她才刚来，什么状况都没弄清楚。"

"也许你应该去以色列，"哈利勒说，"那儿的杀戮更精彩。"

他没有坏心眼，但总是提起琪琪的犹太裔身份。"我怎么不记得这里是这个鬼样子？"琪琪说。

他以为她指的是政治。"对你来说，特拉维夫更太平些。"

那是伊斯坦布尔多雨而寒冷的季节，秋天的雾气正在慢慢变成冬天的雨夹雪。她不能永远待在帕特家，圣诞节时帕特也暗示起这件事。最终，她找到了在旅馆当夜班店员的工作，这份孤独的工作让她有了间阴暗的房间可以住，但薪资微薄。她的房间在旅馆地下室，暖气严重不足，且不允许带男人过去，她从来没带过。

那个漫长的冬天结束时，琪琪已经卖掉了两条地毯。她总要吃饭，不是吗？两条地毯被换成了现金，支持她存活下去。但另外一条——最好的那一条，她一直叠好放在旅行箱里。她在伊斯坦布尔的朋友比她想象中要少，天气没有那么冷的时候，她会和帕特一起去公园，和她吵闹的小女儿一起跑来跑去。帕特又怀孕了，她为此很开心。

在一个潮湿的日子里，琪琪走回旅馆的时候，遇见了一个认识的美国人。罗布？他的名字是叫罗布吗？他在一家私立高中教英语。"你看起来不错，"他说，"我们应该找个时间喝一杯。"她顿时充满了希望，也许这就是她一直以来应该做的，找一个美国同伴。他们约好下周一（她轮休的晚上）在一家咖啡馆见面，在这之前，她一直在幻想他们未来在一起幸福生活的画面。他说："难以相信你又回来了。"他抱怨起他的教学生涯，抱怨那些"被宠坏的美国顽童，狡猾的小土耳其人"；他一直在说他讨厌伊斯坦布尔，说"你知道吗，那些警察是受中情局①管控的"；他对着她取笑服务员，说"我要是留那种胡子看起来会是什么样？"她比任何时候都更纯粹、彻底地想念奥斯曼。琪琪满心失望，完全说不出话来。直到罗布感受到她的冷漠，二人在旅馆前面互道了晚安。

她的地下室房间看起来多糟糕啊，角落里有水槽，床垫在地上。三十岁的年纪，她在这儿干什么？旅馆禁止在房间里放食物，她的包里只有一罐桃子露，姑且把它当成一份安慰剂吧。因为没有开罐器，她只能用一把小刀乱劈一气，罐子就快被弄开了，她的手却被锯齿割伤了。为什么她会流这么多血？血流在了她最好的一件毛衣上，她为了这次约会才特地穿上了它，血还流在了旅馆的床单上。她一边尖叫一边咒骂，麻利地用袜子包扎了手，把毛衣浸到水槽里，然后用沾了肥皂水的毛巾擦床单。他们能把她怎么样呢？谁也不能把她怎么样。开除她，让她赔这条床单的钱？那又怎么样？但她一边干活一边呜咽。

她记起来，有一次，奥斯曼用铲子弄荆棘丛时割伤了自己，他回到屋里，弄得厨房的桌布上满是血，而这条桌布她前一天刚在浴缸清洗、绞干，那天早上刚从晾绳上拿下来。她说："你究竟有什么毛病？你从来没想过我每天要做多少事，

---

① 中央情报局（CIA）是美国政府的情报、间谍和反间谍机构。

你洗过任何东西吗？你从来不会考虑别人，眼里只有自己，像小丑一样的你自己。"她被愤怒冲昏了头，完全没看到（她怎么会没看到？）奥斯曼的父亲也在厨房里。她在他父亲（他一直很理解她）面前这么对奥斯曼讲话，奥斯曼满脸都是震惊与怨愤，她从余光里看到，他父亲脸上也闪过恐惧的神情。

她做了什么？对着一个正在流血的男人大吼大叫？她为什么要憎恨丈夫？每段婚姻里都有隐隐的仇恨，这让她再也不想结婚。也许有些人的婚姻要比这美好一些。她满心歉意，因为自己成了心生憎恨的那一方。奥斯曼做过的很多事都让她痛恨，但事实上也没有很多，事情就是这样。

现在她把自己弄到了这儿，弄到这个像城市马厩一样的地方，蜷缩在潮湿的床罩下度过漫漫长夜。所有的被褥都湿了，她还是能睡着，但并不意味着她过得很好。看看她那副畏于经理的淫威，拼命擦洗床罩的样子吧。那些威胁和蔑视她已经承担不起了，她太老了。

留下来的那块地毯是其中最美的一块，她要用它来换取回家的路资。她怎么会觉得自己能够好好把它保存下来呢？一星期后，她小心地穿过熟悉或陌生的社区，找到一个从没和奥斯曼打过交道的经销商。一开始，他与她调情，还恭维她的土耳其语讲得比他姐姐还好。等她展开那块地毯时，那个人的神情立刻严肃起来——这是他赖以为生的工作，不是吗？她被对方报出的价格震惊了。一开始的报价就比她设想的高出三倍，一番讨价还价，价格被越抬越高。奥斯曼知道这东西值多少钱吗？这是一块锡瓦斯地毯，就年代来说，保存得相当好（他们是不是鉴别错了年代？），而且色泽精细，设计极具波斯风格。那个经销商是个英俊的库尔德人，叫埃米尔，他从保险箱里拿出现金付给她。走出门的时候，她还没从震惊中缓过神来。

第二天她再次出现在店里，要买回这块地毯。在她看来，她拿到的这些钱像是从奥斯曼那里骗来的。不应该把它卖掉，不然还有什么足以证明这场婚姻曾经存在过呢？这个叫埃米尔的经销商并不吃这一套，等夏天游客到来时，他转手就能挣到一大笔钱。他表示了歉意。地毯已经被挂在店里最显眼的地方了，从街上一眼就能看见。

琪琪的情绪陷入低谷，追悔莫及，却又徒劳无功。她什么时候才能不再犯蠢呢？地毯商满怀歉意地给她端来茶，还有一碟糖果。"吃一点儿吧，你和那些漂亮的法国女孩一样，都瘦成皮包骨了。你是法国人吗？"

如果与他调情，他会改变主意，把地毯还给她吗？琪琪说："那这些法国女孩都是来见你的吗？"

"我可没那么大魅力，"他说，"她们要见的是我的地毯。"

但这已经足够开启一段新的对话了。他很善于聊天，爱开玩笑，但又很谦虚（这一点很难得），他长着一张漂亮又英气的脸，眉毛飞扬入鬓。他在伊斯坦布尔才待了六年，是跟着堂兄来的。他喜欢音乐，还问她是否也喜欢。她当然喜欢！多令人震惊啊，她居然受到了他的吸引；更令人震惊的是，第二天晚上她居然和这个人上了床。埃米尔热情似火，她也以一种意想不到的方式找回了身体的感觉。真是一次幸运的经历。

他们火热又温柔的恋情延续得比她想象中要久，从隆冬一直到第二年夏末。每晚临睡前，她都喜欢在他耳边低声说"S'pas"，意思是"谢谢"，这个库曼希语单词是他教她的，这是他们库尔德的方言。上小学时，埃米尔总因为不说土耳其语而受罚。他告诉她自己是怎么一步步来到伊斯坦布尔的，这是一个很长的故事，个中曲折她永远也无法完全理解。她想，他真是个了不起的人。

她一直都知道，自己一定会离开，尽管后来她把这看作人生中一段激情四射的经历——从某种程度上来说确实是的。况且他在迪亚巴克尔还有一个妻子，是他不经意间透露的。在琪琪脑海里，那是一个笨拙又天真的人，但她从来没有打听过。这个情况可不太妙，不是吗？琪琪离开的时候，埃米尔很伤心，与此同时，他也可能感到了一种解脱。他到最后也没有把那张锡瓦斯地毯还给她，而是给了她一些更新，也更便宜的地毯，资助她迈向人生的下一个阶段。

这些年帕特一直待在那里，和孩子们一起生活，结婚又离婚。在给琪琪的信里，她辛辣地描述离婚后的生活，说带着两个十一二岁的孩子，生活就是一地鸡毛。她的信写在跟纸巾一样薄的蓝色航空信纸上，每几个星期就会来一封——听起来是不是很原始？

至少，帕特还会回美国来与她见面。每年夏天她们都会在沙滩上待两个礼拜，这个习惯要追溯到帕特的孩子们身上，那时他们还小，需要找个地方作为夏日消遣。琪琪喜欢那些假日，租来的房子里有低矮的门廊，她们会在沙丘旁长谈。如果她没有与帕特保持联系会怎样？土耳其会在她脑海里日渐模糊吗？会像过时的衣服一样惨不忍睹，像久远的故事一样丧失意义吗？

如今她又与奥斯曼恢复通信了。他靠自己的积蓄搬进了环境更好的社区，那是伊斯坦布尔郊外一个绿树成荫的街区，他说他的房子看起来像一个超大方糖块。琪琪为他感到高兴，看来他在地毯行业的第二次创业做得不错。他和现在的妻子生了个儿子，这个孩子目前在从事电脑相关的工作。

蕾娜不止一次询问过她的这段婚姻，关于他们的经济问题，他们究竟靠什么生活？这在今天看来完全无法想象。蕾娜把她的姑妈看成一种拥有强悍生命力的生物，琪琪也很乐意向她传授一些窍门，让她重新振作起来。

琪琪确实跟她说过自己骑毛驴去森林里捡柴火的事，她把柴火堆在毛驴脖子上。事实上这种事她只做过一次，借用的是邻居的毛驴，而且她完全不知道该如何指挥它走路，这让两家人都笑到不能自已。

就让蕾娜保持对她的那个印象吧：她的姑妈可以悠然坐在一头嚎叫着的野兽背上四处转悠。至少她没有摔下来，不是吗？

那次骑驴之行应该是在初冬，他们正在储存木材。冬天，琪琪有了读书的时间，但书并不容易买到。她想起自己曾经试着向阿伊莎转述一部小说的情节，好像是《简·爱》？她解释了这个角色如何决定自己的命运。她看得出来，阿伊莎对决定命运这件事毫无兴趣（谁需要做那种决定呢？）。最后琪琪离开的时候，阿伊莎也是最无法理解、最痛恨她的那一个。

关于农场，琪琪是不是有点夸大其词了？和帕特一起过夏天的时候，他们把车开到了科德角上游客趋之若鹜的农场。琪琪一直在贬低那里的农产品，因为它们比不上她心里的土耳其农货。她声称，他们在卡帕多西亚种的桃子成熟之后是好看的红色，说到连她自己都要相信了。琪琪说："蔬菜和生鲜，还是土耳其的最好，是不是？"

帕特说："当然，但你也别太多愁善感了。"

这是不是预示着一种危险？

在土耳其，她从来没哭过，除了最后埃米尔在机场帮她搬运那堆行李的时候。

埃米尔平静地说："无论去哪儿，你都会好好的。"当他说出这句话时，她含着泪笑了起来——这不是在阐述事实，更像是一种临别的祝福，但她几乎被这句话感动到要留下来。她并不是一定要走，但她还是走了。

回到纽约后她急需用钱，于是她尽可能多、尽可能快地卖掉了地毯，只给自己留了两块。在她的侄女蕾娜拥有属于自己的住处时，琪琪送了一块给她。这是一块库拉地毯，精致又美丽。金色底上点缀着蓝色、奶油色和棕色，它让蕾娜的客厅像样了许多。琪琪告诉她，是游牧者发明了这些结实的地毯（奥利弗把东西洒在上面也没事）。随着季节变化，他们从一个地方搬到别处，用它们来捂暖坚硬的地面，安然入睡。这些地毯在所有帐篷里都是家的标志。

6

经过一晚的安睡，迪特尔、布鲁诺和斯特菲离开卡帕多西亚边界的那座农舍时，状态极佳。正午刺眼的阳光总是穿过挡风玻璃射进来，可负责开车的迪特尔心情却极好。两个月来，他们一直在和土耳其人打交道，但鲜有机会被请进他们的家里。那粗糙的灶台、石块和灰坑多么神奇啊！迪特尔觉得，哪怕是忘了全世界，他也不会忘记这次的体验。"这才是真正的土耳其。"布鲁诺说。迪特尔依旧在为那个美国女孩感叹，她居然在这么偏僻的地方和那个老太太一起做家务。如果他们待久一点儿，一定可以让她跟他们一起走。他有这个信心。

"你的自信是不是太膨胀了？"斯特菲说。

"这个琪琪可是有夫之妇，"布鲁诺说，"有些人就是想长长久久地维系他们的婚姻。"

布鲁诺才不是这类人——无论和谁在一起他都会出轨，包括斯特菲。有一次，他和一个美丽的意大利未成年女孩一起消失在伊斯坦布尔，斯特菲无奈地等了他两天。斯特菲也并不总是那么有耐心，最近她一直在对迪特尔暗送秋波。还好那个美国女孩没有卷到这件事里。

他们整个下午都在开往安卡拉的路上，斯特菲急不可耐地想去那里的考古挖掘点。"你知道吗，那些工人拿了一些刚挖出来的赃物，"斯特菲说，"只要有钱就能买到，它们在等着我们呢。"

斯特菲是他们中间最会讨价还价的，她每次的起价都低到让卖家倒抽一口凉气，她时而取笑他们、与他们调情，时而假装生气、要走开，但多数时候他们都能达成交易。对于她来说，这次旅行真正的乐趣就在这里。她的脸庞会散发出前所未有的光芒。

他们到达安卡拉的时间太晚了，没什么商店可供她发挥，而且他们也累了。在一个集市上，他们走进所有的店铺，搜罗老旧的铜碗或是蒙尘的念珠。他们问店家，是不是还藏着更有年代的东西，但没有人给出肯定的答复，也没有人认识有门路的人。他们要么耸肩，要么摇头，布鲁诺的玩笑也没得到回应。很多人只会说土耳其语。在这儿，也许需要一些人脉。

太糟糕了，那个美国女孩没跟他们一起来。她只要用土耳其语迅速交流几句，用睿智的眼神打量一番，就一定能弄清现在的状况，问出合适的问题。

他们三个在城堡附近一个老旧但仍很漂亮的旅馆住了一夜，那里的家居很漂亮，供水却不太行。他们在附近的一家咖啡馆里吃晚餐，迪特尔全程都在注意看琪琪有没有来。街上走过好几个跟她长得很像的女人，但都不是她。他知道即使她决定要来，也不可能这么快就到。即便如此，他还是在等。斯特菲问他："你今晚怎么这么闷闷不乐？"

几小时后，迪特尔躺在他房间的床上，在嗡嗡作响的吊扇下方，伴着昏暗的台灯读一份过期的《明镜周刊》。他能听到斯特菲和布鲁诺在墙的那一边笑闹，然后发出一种有节奏的吱嘎作响的声音。他在做什么，像个寂寞的学生一样偷听其他人做爱？他已经三十三岁了，不年轻了。（琪琪多少岁了？他应该问一问的。）走私也是他的主意。他是一个广告字体和艺术字设计师，已经很久没有进项了。他知道布鲁诺会想加入——他们大学时在同一个摇滚乐队演奏，但斯特菲却令他头疼。也许等他们都回到德国，等他们都拿到自己那份钱时，他们就不会再经常见面了。他想念柏林，想念他的朋友们，想念他的公寓。也许琪琪会来柏林看他。

第二天早饭时，他们吃着酸奶、橄榄、面包和茶，迪特尔和斯特菲起了冲突。斯特菲觉得他们应该离开这座毫无价值的城市，去三四个小时车程之外的考古挖掘点。迪特尔说："你觉得荒郊野地里会有旅馆吗？理智一点儿，我们可以白天过去，然后再开车回这儿。"

"我哪里不理智？我们那台破车可禁不起这么折腾。"斯特菲说。

选择一辆大众汽车作为座驾也许是个失误。有些路对它来说太窄，有些又太颠簸——它的性能不够稳定。它在保加利亚曾经抛锚了一次，过程简直不堪回首。

迪特尔想给琪琪一个机会，等她在安卡拉出现。他在想：如果其他人坚持要走，他就留在这个旅馆里。他没有说出口，但他已经打定了主意。

但他得到了布鲁诺的支持，他们晚上会再开回来——布鲁诺也许只是为了和斯特菲作对。迪特尔清楚地预感到，一回到德国，布鲁诺就会甩了斯特菲。

那个早上热到难以忍受，正好轮到布鲁诺开车。他在车里播放带来的磁带——他最爱的尼娜·哈根，古怪又嘈杂。就这样，这辆车变成了柏林的一角，布鲁诺拥有这片领土的主权，将它变成一个车轮上的俱乐部。透过窗户看到那些土耳其语的路标和满地的毛驴时，迪特尔简直吓了一跳。

要找到考古挖掘点并非易事，在一个只有几家店铺的小镇上，布鲁诺像表演哑剧一样做出铲土的动作，但还是没人能为他们指明方向。他们犹豫着穿过一片看上去很有希望的空地，然后在一条小道上彻底迷了路。他们一路走到一条砾石岔路上，眼前豁然开朗：红色的泥土和碎石之间，有一块地像花园一样被绳子圈起来，一群土耳其男人正在里面挖坑，坑洞已经有房间那么大，深度及腰。一个牌子上用德语写着"德国考古研究所"，下面还有英语对照。斯特菲嘀咕道："从受奥斯曼人奴役开始，就数德国人最会探路，连赫梯遗址这样的好地方都能找到。"

斯特菲先下了车，操着一口蹩脚的土耳其语向那些正在挖掘的男人问好。"您好？你好吗？"几乎没有人停下来看她，没人想跟他们搭话。

布鲁诺弯腰给其中一个人递了支烟，那个人接下了。布鲁诺手指着他的眉毛，比画着想告诉他，他们只是过来看看情况。而那个人则指着他身后的山脊，说了一个词："教授。"

得益于那副欧洲人的面孔，他们小心翼翼地向山脊走去。往上看，那里有巨大的古代石门柱，其中一个雕刻着咆哮的狮子，另一个门上也刻着个更模糊的动物图样（也是狮子吗？）。这些门的上方是一条长长的道路，两边都有石头砌出的高墙。迪特尔为这个意外发现感到万分激动。

有一个五十来岁的人正坐在折叠式躺椅上，用保温杯喝水。他身材瘦削，穿着卡其布短裤和印着卡通兔的 T 恤——

这就是教授。布鲁诺和他握了握手。"我们都是考古爱好者，对这事儿简直热情十足。"布鲁诺用德语告诉他，他总是负责讲话的那一个。

"你们也知道，你们不该出现在这儿，"教授的语气里或多或少带着些亲切，"你们最多只能在这个位置看一看。"

任何人都能一眼看出，那些狮子正威风凛凛地守卫着它们的城市，估计已经有三千四百年了。上面还有更多门，这里曾经是一个巨大的城市，甚至比雅典还要大。迪特尔从小时候被迫背诵的《圣经》经文里了解到，大卫王娶了赫梯人乌利亚的遗孀拔示巴为妻。这就是他知道的所有关于赫梯的知识了。对了，他还从读过的有关字母的书里知道，德国学者已经破译了他们的楔形文字。

在往回走的路上，布鲁诺停下脚步，给所有工人发香烟。他指着自己的胸膛说："布鲁诺。"然后和他们握手。"穆罕默德、穆斯塔法、巴图尔……"有些人报出了自己的名字。他用下巴指着小镇的方位，告诉他们"博阿兹卡莱"这个地名，他们三个要去那儿吃午餐。他用半生不熟的土耳其语告诉他们，自己是收购古董的。

咖啡馆里的这顿午餐实在不太像样，他们吃了点儿烤芝士三明治。还没喝完咖啡，一个男人就出现在他们面前。这是一个满脸皱纹的家伙，穿着一件很旧的运动夹克，戴着一顶活像高尔夫球帽的棕色帽子。"你好吗？"他用含混不清的英语打招呼说，"你们是不是想买些纪念品？"

"我们收购古董。"斯特菲说。

"到我店里来。"他说。结果他们走到了街对面，那里到处都是崭新的、闪着亮光的铝制锅碗瓢盆（谁买了这些东西？），里面挤得水泄不通，他们几乎毫无立足之地，只有斯特菲有一把椅子可以坐。尽管如此，他还是给他们倒了茶，两位男士只能站着喝完。店主从木质柜台下方拿出一个用报纸包好的包裹，动作极其小心，这增强了迪特尔的信心。那是什么？一块由红黏土制成的碑碣，纸牌大小，上面有一排排紧密的刻痕，看上去像鸟的足迹。我的天，是赫梯人的楔形文字。那些凹进去的三角形和破折号，那些笔直的线条……

"我的老天！"迪特尔叫出了声。惊叹并不利于后面的讨价还价，但这个东西实在太超乎寻常了。

他感到了隐隐的恐惧——这东西怎么会在这人的抽屉里？明眼人都能看出，这是青铜时代晚期的东西。很多博物馆尽是这些抢来的战利品。在伦敦，他见过罗塞塔石碑，英国人耀武扬威地把这块七百公斤重的灰色巨石从埃及掠夺过来，上面刻着三种文字。在他几乎从未踏足过的、柏林墙另一侧的东柏林，佩加蒙博物馆也有从土耳其拖回德国的一整座雅典神庙。那他现在为什么会如此震惊？

"它是坏的。"斯特菲说。右上角有一块被削掉了，呈曲线状，像滑雪场的坡道。"你开价多少？"

讨价还价就这样开始了。那个人听到斯特菲一开始的报价后生起气来，咆哮着说了一些他们听不懂的字眼。斯特菲冷静地说道："我们大老远过来不是来忍受你这些咒骂的，我们怎么知道这是不是真货呢？"那个人瞪着眼睛，从抽屉里拿出一个放大镜。斯特菲递给迪特尔，他假装在检视这块碑碣，弯下腰，取下他的眼镜，细细观摩。这块黏土上有那么多气孔，看上去那么细腻，切割得又那么干净。他完全没有头绪，只是缓缓点了点头，好像看出了什么似的。

他们继续讲价，布鲁诺的眼神里透着兴奋，不停地摸着斯特菲的胳膊。他们还剩下多少钱？也许不够买下它。其间，斯特菲站了起来，做出要走的样子，这生意谈不拢了。然后她又被迎回来，那人给她倒了更多茶水。最后她给出的价格无限接近他们身上的所有现金（七百五十德国马克），那个人还是瞪着她，她见状解下脖子上的金挂坠盒，放在他面前。这个举动震惊了所有人，这也表明他们确实出不起更高的价格了。因为那个人盯着他们看了一会儿，说："我知道了，行吧。"

他们一路穿过土耳其的其他地方，穿过山区草草铺就的高速公路，沿着无尽的沙子路穿过荒无人烟的平原。他们买汽油的钱快不够了，也只吃得起最便宜的食物。把车开到树后面，他们睡在车上，布鲁诺和迪特尔得轮流守夜。一天晚上，斯特菲憋不住溜下车去小解，撞倒了一个双耳瓶，它包得不够严实，碎成了几片。

看到双耳瓶四分五裂，布鲁诺对斯特菲破口大骂，说她蠢到连走直线都不会。在周围没有活物能听到他们声音的荒凉地段，他们吵得尤为激烈。斯特菲说布鲁诺是一个小丑，就知道自恋，不知道全世界都在笑话他。迪特尔不止一次把他们称为"雌雄双煞"。布鲁诺反讽迪特尔故作清高，谁都能看出来，他恨不得把自己的口袋里都装满钱。

在土耳其与希腊的边境伊普萨拉，汽车、卡车和公交车排了好几英里的长队。迪特尔无奈关上发动机，以免引擎烧坏。斯特菲："等这么久，肯定是因为他们搜查得太彻底了。"

"快闭嘴吧。"布鲁诺说。

"我受不了了。"斯特菲说。

"你得受着，"迪特尔说，"在警卫周围你必须保持冷静，必须如此。"

"这对斯特菲来说才不算什么难事，"布鲁诺说，"她装模作样惯了。"

他们最终等到的警卫是一个面无表情的孩子，还留着胡子。警卫示意他们下车。他们出示了大众汽车的注册证书和护照，然后警卫把头探进车里，让他们打开斯特菲买的一块地毯。

"它很漂亮对不对？"斯特菲说。警卫指着一个行李箱说了些什么，又大声重复了一遍——他是在说"打开"吗，他说的是英语吗？迪特尔走上前去拉开拉链。"我不应该在这儿的，"他想，"我做了不该做的事，把自己置于糟糕的境地，这个错误会毁了我的一生。"斯特菲怎么才能安然在土耳其监狱里存活呢？布鲁诺一定会挺过去的，迪特尔不知道自己到时会是什么样。警卫厉声说了些什么，他在说什么？斯特菲的眼神呆滞又恐惧，布鲁诺僵直不动。警卫挥着手臂，似乎是在指挥他们回到车里去。他说"快点儿"，这是从电影里的德国人那里学到的。他想让他们动作快点儿，把路让开。"再见，"他说，"下次见！"结束了吗？结束了。发动机在重新启动前震颤了一下，他们像幽灵一样悄悄上路，谁都没说话。

他们一进入希腊境内就开始欢呼雀跃，长舒一口气，开始开玩笑，真是一群快乐的罪犯。在希腊的第一个城镇，斯特菲偷了一瓶热茜娜葡萄酒来庆祝。他们到市场买了一条面包，斯特菲在车的后座一边笑一边从夹克里掏出酒瓶。对此，布鲁诺勃然大怒，指责她为这种蠢事冒险，他们可禁不起这种风险！——但迪特尔反倒有些佩服她的勇气。

之后他们到了南斯拉夫，开了很久的车，经过马其顿、塞尔维亚、波斯尼亚、克罗地亚、斯洛文尼亚，这儿有的是能让人放松神经的东西，那些描绘着岩崩的路牌，那些关于小偷、警察、狼的传说。等到开进奥地利的时候，他们都极为振奋。在那里，布鲁诺写信去德国要求寄些现金过来，他们在边境小城等待着。等待的时间比他们想象中的要长得多，这时斯特菲说出了自己的疑惑，布鲁诺则说他烦透了她的各种意见，他再也不会和女人一起做生意了。

面对他的侮辱，斯特菲猛烈地给予回击。她喊道："去你的，别跟个混蛋似的。"迪特尔为她感到难过，布鲁诺的态度越来越严苛，他们的旅程却远未结束。

车的状况也不太好，因此当布鲁诺的钱最终到手时，他们只能好好修理了一下那个可怜的发动机，然后才开始他们的最后一段行程。至少现在，他们晚上可以住进一家便宜的旅店，好好洗个澡吃顿饭了。

啤酒的魔力让他们在晚餐时表现得亲密无间，他们互相敬酒，共同回忆——记得那个在农舍里给我们盛汤的老太太吗？记得边境那个把我们吓得屁滚尿流的家伙吗？斯特菲与布鲁诺你一句我一句，默契十足。布鲁诺说："真是一次难忘的旅程。"

半夜，迪特尔被轻微的敲门声惊醒。半梦半醒间，他也能猜到一定是斯特菲。她穿着红色和服睡衣站在走廊上，脸上挂着狡黠的笑容，显露着笃定的顽皮，还伴着一丝慌乱。迪特尔穿着内衣打开门，示意她进来。小声点儿，他们必须悄悄地，布鲁诺就在对面。

但这种偷偷摸摸让人感到刺激，一开始，他对她的动作很温柔，他可比布鲁诺温柔多了，不是吗？但他也同样欲望高涨。她在睡袍下什么也没穿，这种直截了当真是妙极了。她的身体比穿着衣服时更加丰满。自从离开柏林，迪特尔就没有碰过女人了，他没有想到自己的欲望会如此强烈。

他们试着不发出声音，斯特菲咯咯直笑，把手捂在嘴上，却反而笑得更厉害了。这时迪特尔已经从心理上接受了这桩蠢事，正沉浸其中，无暇逗乐。过了一会儿，他们都沉浸在各自的余韵里，友好又疏远。他在想，这事如果和琪琪一起做一定会更加美妙；在过去的一周，琪琪是他所有欲望的化身。他记得在安卡拉那家旅馆的最后一晚，他躺在那张床上，对她的想念不仅反映在大脑里，还反映在身体上。但现在斯特菲来到了他的身边，像是一份礼物，他顺从地收下了它。

布鲁诺当然知道了。怎么能瞒得过他呢？

迪特尔第二天下楼吃早饭的时候，斯特菲不在，正喝着咖啡的布鲁诺抬起头来，说："这是她的主意吧？"

迪特尔耸了耸肩："我也没阻止她。"

"我不关心你没做什么，"布鲁诺说，"是时候了，把她留在这儿吧。她这么能干，完全可以搭便车回家。"

这还是他认识的布鲁诺吗？一直以来，迪特尔觉得他会刻薄，会没心没肺，但他从来都不是个残忍的人。

迪特尔说："你知道的，她那么会讨价还价，在这次行程里起了很重要的作用。"

"没有她我们也会很顺利，是时候把她扔掉了。"

把斯特菲留在这儿，一分钱不留，让她搭陌生人的车穿过奥地利和东德？斯特菲有很多讨人厌的地方，她总是草率地发表意见、多嘴又聒噪、对于自己的魅力也总有莫名的信心，但让她身陷险境就是另外一回事了。如果后来他们听到消息，说她受到严重的伤害——被强奸、被车撞、被苏联的皮条客拐走，他们俩又如何自处呢？布鲁诺从来都只看眼前，不顾未来。

"你不是认真的吧？"迪特尔说。

布鲁诺狠狠瞪了他一眼："我是。"

"好吧，让她跟我一起，"迪特尔说，"看在我的分上，我们带上她，好吗？"

布鲁诺笑了，说："这是你的损失。"

他们走了一天一夜，两个男人轮流开车。斯特菲几乎一言不发。不知道布鲁诺说了什么威胁的话，但她的表现既慌乱又害怕。他们每个人说了好几次"快到家了"，迪特尔说这话是为了安慰斯特菲。她所有的勇气似乎都从身体里抽离了。迪特尔看着她弓着背，萎靡地靠在车门上，身上的 T 恤已经穿了三天。还好他们开着收音机——能在广播里听到德语是一件多让人开心的事啊！布鲁诺跟着蹩脚的东德电台唱歌。他和迪特尔组乐队时，曾是主唱。即使在不开车的时候，迪特尔也努力不让自己睡着，因为他要照看斯特菲，必须有人照看她。

在一个奇怪的时刻，他们这段旅程画上了句号。那是一个炎热的夏日早晨，柏林一如既往地热闹繁华，布鲁诺把车开到斯特菲在克罗伊茨堡边上的住处，停在马路旁边让她下车。帮她搬行李的是谁？与她亲吻道别的是谁？反正不是布鲁诺，他说了一句"再见"就一直看着前方。迪特尔帮斯特菲把她买的卷起的地毯和其中一个双耳瓶搬到楼上。当她热情地扑到他身上告别时，他吓了一跳。她以为自己经历了什么？浪漫的冒险吗？即使是穿着汗湿的 T 恤，她的身体也确实有一种甜蜜的丰盈。他拍了拍她的后背，希望自己的动作多带些情感。

这不是永别，他们三个是商业伙伴，某种荣誉感将他们捆绑在一起——他们带回的每一样东西似乎都要经过一番谈判。他们一起去见经销商、收藏家和中间人。他们的对外统一口径是，这些好东西是他们从伦敦（有时说是日内瓦）一个显赫一时的土耳其家族买到的，没人会刨根问底。斯特菲动不动就会发神经，讲一些他们在英国小酒馆里的事迹，试图引起画廊老板的兴趣。布鲁诺和迪特尔都在尽力阻止她，她的行为把他俩都惹急了。布鲁诺总说："够了！斯特菲。"

不卖货的时候，迪特尔偶尔会去公寓看望她。他的住处远在柏林的另一边，靠近夏洛腾堡。他觉得自己赶这么远的路是在做善事。斯特菲家里简直一团糟，她自己也是。她曾在朋友开的时装店工作，现在已经失业了，而且她还在适应没有布鲁诺的生活。"你也觉得他就是个混蛋吧？不用你说，他就是！"迪特尔耐心听她倾诉，她的状态时而暴躁时而颓丧，直到他不得不打断她："来，去洗个澡，我打扫一下厨房，我们出去走走。"就这样，他们的感情开始滋长。

这毫无意义，一次不经意的风流韵事，怎么可能变成一段真正的感情？但那些夜晚的最后，他和斯特菲还是会做爱，总能碰撞出火花。斯特菲的情绪先被挑动，然后一切都顺理成章了。感谢迪特尔的卖力，接着他们会相拥入睡，这种缠绵是真实的。

在土耳其买的那些东西让他们尝到了赚钱的滋味，虽然他们押宝押得不太准——他们看重的那个双耳瓶没能卖出理想的价格，但那些拜占庭钱币却卖出了惊人的高价。最令人失望的还是那块赫梯碑碣。在库达姆大街附近的一个冷白色展厅里，灯把每一个角落都照得亮堂堂，像圣殿一样。经销商是一个围着佩斯利围巾的老妇人，她说："这东西太美了！"但报价却和他们买来时的价格差不多。然后他们去见了另外两个经销商，斯特菲好不容易和一个人讨价还价，抬到一千德国马克。那人还说，如果是在纽约（这是斯特菲一直想去的地方），这东西肯定卖不到七百美元。分成三份的话，这笔钱确实不多。

但这已经是他们的最后一件古董了，平心而论，他们大赚了一笔。布鲁诺挑了一家喜欢的餐厅开庆功宴，开了几瓶品质上佳的雷司令干白葡萄酒。他已经在和一个叫玛丽的人交往了，还没有告诉斯特菲。出于种种原因，布鲁诺一直没有指责过迪特尔不讲义气，睡了斯特菲。斯特菲确实不是第一个他们俩都沾过的女孩，但其他几个都是在他们年少无知的时候，只是玩玩而已。他们现在动真格了吗？也许斯特菲是的。在餐馆里，当迪特尔为他们的犯罪冒险而干杯时，她端着酒杯深深凝视着他的眼睛。她涂着比平时颜色更深的口红，戴着像钥匙链一样的耳环。她看上去很漂亮——她确实有一种世俗的漂亮，而她现在有了更多钱可以装扮自己。

这三个人看起来都更体面了。这个时刻，他们春风得意，这次走私让他们空前自信。迪特尔觉得，人们在美国买的那些自助书籍，教他们获得自信、摆脱焦虑。看看布鲁诺吧，这个英俊潇洒的金发英雄，正在快乐地咀嚼昂贵的嫩牛肉；看看他自己吧，那个总是安静又小心的迪特尔，正坐在这家餐馆的豪华长沙发上，发表他对灵魂本质的观点——他以前绝不会提起的话题。连最近一直颓丧低落的斯特菲，也洗去了曾经的聒噪吵闹，变得更平静、更高贵。

迪特尔说，灵魂这个词是一个模糊的概念，是一种真实的内部意识的诗意化表述。斯特菲笑了起来：“你还是高中生吗？现在谁在意这些？”

布鲁诺也咯咯笑道：“迪特尔一直很注重灵魂。”这是最近他对斯特菲最友好的一次。

斯特菲似乎觉得这个话题很滑稽，说：“看看迪特尔的傻样吧。”这场庆祝让他们得意过了头。

“我周围全是一帮混蛋。”迪特尔心想。他们的脸在他眼中变得怪异，张开的大嘴，小小的眼睛。其他两个人能看得出来他的想法，他们粗俗，但并不愚蠢。

布鲁诺说："你应该不会再去了，但我也许会去。"

斯特菲说："不，你不会的。你懂得太少。"

布鲁诺说："迪特尔的梦想是把钱还给那些无私的土耳其人，可惜的是，他也像我们一样爱财如命。"

迪特尔没有特别想要回报任何人——他能寄钱给谁呢？那个在博阿兹卡莱卖锅碗瓢盆的商人？政府？但他意识到自己到现在为止一直没有开始花这笔钱，好像有什么在阻止他似的。

其他人则很快把赚来的钱挥霍一空。布鲁诺让毒品贩子大赚了一笔，买的毒品都比过去更贵，还没日没夜地去酒吧，变成了那儿的常住人口。斯特菲一直没去成纽约，但她去了巴黎，这座城市的名不副实令她大失所望，但她回来的时候带了一堆喜欢的衣服。迪特尔毫无时尚审美，但他能看出这些衣服她穿起来——用英国人的话说——显得更"得体"，看上去自信、机敏又时髦。她依然对迪特尔感兴趣，从巴黎给他寄了明信片，说"塞纳河的日落没有土耳其的美"。等她回到柏林，迪特尔又开始造访她的公寓，和她一起聊很久，然后做爱。说实话，这段时间他们"性趣盎然"，空前和谐。

"你爱上她了吗？"迪特尔的朋友乌尔里希问他。

迪特尔被这个问题震惊了。在朋友眼里，他是在干什么？上演浪漫喜剧的桥段吗？迪特尔无法想象自己会爱上斯特菲这样的人，尽管他希望有一天有人会爱上她，希望她过得好。他说："我们之间是一种特殊的友谊，带点情色的成分，但我们并没有那么喜欢对方，这和爱情没半点关系。"

乌尔里希认为，他们虽然不喜欢对方却有着超棒的性爱体验，这有可能是爱情。

迪特尔呵了一声。

他们融洽的关系维持得似乎太久了，多雨的春天变得越来越温暖，这时斯特菲告诉他，他们在一起已经快一年了。"去年六月你还和布鲁诺在一起，"迪特尔说，"你不是想和他一起庆祝吧？"

斯特菲被他的话伤到了，他为此感到抱歉。他向她道歉，说很高兴他们开始了这段关系——这几乎是真的。

"别安慰我。"斯特菲说。

但她坚信这几个月来的相处自有其意义，无论迪特尔承认与否。斯特菲就是这样，她觉得自己已经明白了，而迪特尔尚未意识到。

她喊他"我的宝贝""我的珍宝"。

他不想让她这么称呼自己，她编织的美梦会毁掉他们现有的关系。

斯特菲现在一贫如洗。她在另一家时装店重新找了份工作，赚的钱完全不够用。而迪特尔最终把钱用在了买新的测光台上，还和一个平面设计师一起租了个更宽敞的工作室，这时他接到了更多工作，质量还不错。他每天花很多时间在工作上，斯特菲令他疲于应对，也可能是其他原因令他感到厌烦：她能不能别只讨论那些愚蠢的电视剧，能不能别把沾满泥泞的鞋子踏到他的地毯上，能不能别再在床上抽烟？她当然能，但并不乐意。

即使见面不愉快，她还是想更频繁地见他，想认识他所有的朋友。乌尔里希说："怎么说呢，她很活泼。"和乌尔里希同居的女人有一个三岁的儿子，斯特菲和这个男孩在客厅里追逐玩闹。她真和气，跑动后微微出汗时也确实很漂亮。

那晚他们回到迪特尔的公寓时，斯特菲说："我敢肯定他们俩会结婚，你知道，人总要结婚的。"

"没听他提起过。"迪特尔小心翼翼地不让自己的话对她产生任何误导。

她看上去有些伤心，这也难怪。但她的情绪化作一种更狡猾、更有挑逗意味的表达方式，她伸手搂住他，整个扑到了他怀里，慢慢地扭动着。迪特尔知道他的欲望会被她视为爱的证据，但还是被引诱了，这是人之常情。直到后来他才想到，她完全可以故意怀上一个孩子。

一周后，迪特尔和布鲁诺一起出去，他看上去一团糟，谈到斯特菲就没好话说，他们决定去一家土耳其餐厅吃饭。布鲁诺在诺克林发现一家，这是美国人的街区，餐厅阴暗、土气又狭小，墙上挂着博斯普鲁斯海峡日落的海报。他们是那里仅有的德国人，津津有味地大嚼美味的土耳其烤肉，就在这时，两个美丽的金发女人走了进来。他们旁边是一桌吵闹的青少年，但布鲁诺留神听着她们讨论菜单，然后探过身去告诉她们："亚达那是一座城市的名字。""那里的烤肉串会辣一些。"他把重音放在第一个音节上，读出了亚达那的正确发音。

布鲁诺说："那是个有趣的城市。"他因为姑娘们的出现神气活现起来。

她们可真是两个妙人儿。两个姑娘都是学校老师，有一些土耳其学生。她们美丽又时髦，和曾经教过迪特尔的那些老师完全不在同一个水平线上。苗条些的那个叫吉塞拉，是教美术的，她问了一些迪特尔工作相关的问题，提得非常有趣；比较高的那个叫毕吉特，是一个滑雪爱好者，她显然也喜欢迪特尔。这种同时被两个女孩看中的事已经很久没发生在他身上了，也是因为布鲁诺现在的状态实在太差。迪特尔听到自己的声音，热情洋溢，滔滔不绝；他对穆斯林关于灵魂的观点侃侃而谈，说可以从清真寺的结构看出端倪。吉塞拉说："他们很擅长几何学。"就这样，他选择了吉塞拉，这是他做过的最明智的事之一。

斯特菲无法接受这个结果，为了避免分手太过仓促，有一阵子迪特尔同时约会两个女人。但很快他就无法忍受再和斯特菲一起过夜了。斯特菲听到这个消息后大怒，她紧皱着眉头，仿佛对他恨之入骨。她说："你这个人渣，你有多恶劣你知道吗？把一切都掠夺一空，然后拍拍屁股就走人。"

"我掠夺了什么？"他说。

这个问题令她怒不可遏："你是想说，我对你毫无价值？"

"斯特菲。"他尽量表现得温和。他想不起来自己怎么会和她搅在一起，但这时他想表现得更和善一些，好像吉塞拉在看着一样。他一直感觉到吉塞拉在背后看着他。

"我应该打电话给你的新女友，让她防着你。"斯特菲说。

她想从他这儿得到什么？她觉得他会收回说过的话吗？人生中的第一次，他真正恋爱了，但如果吉塞拉想让他离开，他也许立刻就走。这些执着和怒气，这些纠缠不放，会把斯特菲变成什么样？她还在重复说着什么，不肯放手。这些无用的吵闹让迪特尔失去了耐心。

斯特菲从来没有给吉塞拉打过电话（她不知道吉塞拉的名字，但可以打听出来），她只给迪特尔打了一次，要求把自己落在他公寓的一把梳子还给她。迪特尔在水槽后找到了它，穿过整座城市，把它送了过去。斯特菲站在门廊里，手伸出来拿梳子，说："时间卡得刚刚好。"他对她说好好照顾自己，她回了一句："与你何干？"

他后来回想了一下，她看上去多么僵硬和干瘦。迪特尔开始想给她一些什么，以此证明他珍视过她，尽管事实并非如此。送钱当然不行，那送一些储蓄债券怎么样？不，太奇怪了，太像长辈的馈赠。送珠宝？那会误导她。送一些和土耳其有关的东西怎么样？他开始在土耳其街区的商店搜罗。那里有丝绸围巾，但不是斯特菲会戴的那些；有黄铜制的咖啡杯，还有镶金边的玻璃杯茶具套装。她喜欢喝地毯商人给客人们倒的那种苹果茶，他看到几盒，有散装茶叶、茶包，还有速溶冲剂，上面还贴着鲜红和翠绿的苹果图样。他在一家店买了十四盒不同种类的，这是他们所有的存货。他立刻寄给了斯特菲，附上一句"祝你喝得愉快，迪特尔"。

她一直没有回信。她搬家了吗？迪特尔没听到这个消息。她会感觉受到了侮辱吗？这不是什么贵重礼物，但肯定没有侮辱的意味。他想得到她的感谢吗？这是不是很奇怪？他觉得自己又滑稽又小气，当然，这件事他从未告诉过吉塞拉。

他很少和吉塞拉谈论自己交往过的女人。他们之间开始得很顺利，没必要把他所有的故事都讲出来。但有时吉塞拉问他为什么会和斯特菲在一起那么长时间。他说，事实上也没有多久，感觉不坏罢了，他们之间有没有感情真的没那么重要。吉塞拉看上去很困惑：如果爱并不重要，那什么才重要呢？她从来不给他压力，她有一种可爱又平静的脾气。在他的余生，他都认为遇见她是自己最大的幸运。他相信，如果她没有走进那家餐厅，他也许会永远和斯特菲待在一起。结果一定不会好。他已经进入一种真实的生活里，但他的生活原本可能是另外一种面貌。他并不像那些老实人一样，拥有真诚的天性。亲爱的吉塞拉对他的这一面一无所知。

吉塞拉从一开始就对他深信不疑，但她并不是个天真无知的人，过去，她也有过冷酷、暗黑的一面。有一次，他们和她学校的一些朋友一起喝酒，迪特尔说自己曾经是个走私大盗，所有人都认为他在开玩笑，即使他强调"是真的"，他们也还是在笑。吉塞拉一直相信这件事的真实性，这世上很少有什么事能令她震惊，但她总是强调："你知道的，如果你继续做这个，很可能会被抓起来。"

"谁会费这个力气来抓我呢？"他说。

"肯定有。"她说。

有时迪特尔会做这样的梦——在监狱里，在一个砌着泥墙的单间，他卡在其中，连转身都困难，有一个女人从另一个房间喊他。

迪特尔第一次去美国旅行时已经五十多岁了，有一个客户聘请他为一家还未建成的酒店设计品牌标志和标识系统，他觉得自己有必要去看看酒店的环境。第一眼看到的纽约多混乱啊，那些堆成山的垃圾难道没人捡吗？有人告诉他，以前这个地方更糟，但纽约中城应该算是繁华地段吧，那时正值七月，高温炙烤下的街道散发出腐烂的味道。

他好奇那个叫琪琪的美国姑娘是不是还待在土耳其，还是说已经回到了纽约。他不觉得她会一直留在农场。再次见面的时候，他会给她看自己孩子的照片。马克斯在学习历史，希尔克想成为一名舞蹈演员。照片里的他们看起来神气十足，眼睛闪闪发亮，凌乱地围着围巾，面容坦率。吉塞拉看上去状态也很好，上了年纪之后她的轮廓更加鲜明，还留着酒红色的头发——她一开始染发是为了显示对抗癌症的决心。化疗让她的头发纷纷脱落，新长出来的头发像胡茬一样，她把它们染成了赤褐色。头发长长之后参差不齐，像一圈圈绒毛，闪着朋克范儿的红褐色。

年轻时她在纽约待过，她告诉迪特尔："那里什么事都可能发生，即使赤身裸体走出去也不会有人注意你。"

"你做过这事吗？"

"那可说不准。"她说。

布鲁诺说纽约客爱办盛大的派对，他看上去比以往任何时候都要狼狈，但他很可能活得比吉塞拉还要久。柏林墙倒塌后，布鲁诺的精神又回来了：有的是没把他列入黑名单的酒吧，有的是与他相处甚欢的外国人。"纽约的泥土都是性感的。"他对迪特尔说。

迪特尔完全没有人们说的那种所谓的派对心情。他不愿意离开吉塞拉，尽管她说自己感觉很好，不需要人照顾。每次独自吃饭时他都在想念她，总是给她打电话。他讨厌和顾客待在一起，他们实在太美国范儿了，总要幼稚地炫耀什么。而且他无论什么时候出门，都会被扑面而来的热浪喝退。空闲时，他会乖乖躲进博物馆，希望能从那里的各种艺术形式里得到灵感。另外，美国的冷气开得真的很足。

他最喜欢的是走在通往大都会艺术博物馆二楼的楼梯上的时候，庄严肃穆，他喜欢旧展馆的壮丽辉煌。但这并不意味着他们懂得那些古董的意义，他们总是把建筑一个个炸毁然后建成更高的建筑。这座城市的人总在经受各种潮流的冲击，又怎么能保持清醒的大脑呢？难怪琪琪说她喜欢土耳其的宁静。迪特尔觉得为酒店设计的字体看起来应该紧凑，让人兴奋。古代近东艺术馆恰好有一个关于书法和字母的展览，那里陈列着刻有凸出的象形文字的银锭子，用来印字的石英石圆筒形印章，甚至还有一块楔形文字的石碑，来自公元前十三四世纪，很像他们在土耳其费尽心思讨价还价的那一块。它的最上面三行字下方带有线条，和他们的那块一样，甚至还有一个像滑雪斜坡一样弯曲的缺口。也许这就是他们的那块。资料显示上面的文字是在记录一桩案件——他们破译了密码。可以追溯到中赫梯帝国时期，出自安纳托利亚中部，购于一九八五年。这会不会是他们的？越看越觉得像。

博物馆才不关心这件东西是从哪儿买到的，迪特尔错过了靠它发笔横财的机会——但看到它的时候，他的确感到骄傲。他想告诉斯特菲，是她负责还的价，她还为它贡献出了自己的金挂坠盒。（然而他完全不知道斯特菲在哪儿。）见到她，他会说："嗨，这到底是个好东西。"但她会在意吗？说到底，有什么是重要的呢？看看这些被一一标记好的残骸吧，所有东西都会褪色、破碎、归于尘土——他所在的地方就是这样一个陈列着历史烟尘的地方。逝者已逝，却并非了无踪迹。这一点并没有多令人欣慰，但此刻他却看得分明。

第二次来的时候，他对这块碑碣更熟悉了，而它本身看上去也更美丽了。他爱上了这些展出的碎片、珠子和碗，全是历史的遗骸。这些象征人类努力成果的东西是多么感人！一块碑碣，用细致的刻槽记录着一桩无厘头的公案，多么徒劳和脆弱。

很遗憾，他无法触碰到它，无法打开玻璃橱窗，触摸黏土上的刻痕。他记起了琪琪，他们第一次向她展示那个双耳瓶时，她甚至不敢用手去轻拭它，对于它的历史，她表现出了极大的敬意。如果她住在纽约，很有可能来过这儿——她在土耳其待过这么多年，一定会被这些展览吸引。也许她观赏过这块碑碣很多次，为它赞美惊叹过——她一定会喜欢这件东西，它这么美——但她不会知道他和这件东西有什么关系。她怎么会知道呢？这个念头在他心里引发了一阵幸福的羞怯感。

7

飓风桑迪对纽约造成的破坏令莫妮卡感到惊讶，她从未听过那么尖锐的风声。她在欧洲的朋友寄来邮件表示担忧（反正他们一直认为纽约是一个灾区）。莫妮卡笑话他们写的那些信，对蕾奈特说："他们觉得我正在地铁里游泳。但我确实不得不把倒在楼前的一棵树移走，足足等了一个礼拜才有人来处理。"

"如果他们做事这么磨蹭，我早就投诉到市政府了。"蕾奈特说，"我还会让电视新闻来报道这件事。"

过去几年，莫妮卡一直来蕾奈特这儿修眉毛。在这里打蜡和拔眉毛花的时间比别处更久，但她喜欢蕾奈特的性格。蕾奈特很会讲故事，无论是关于男友、老板，还是路人，而这些故事的要义全都是：谁也别想欺负她。"我得给他们点儿颜色看看。"她说。莫妮卡的性格完全不是这样，但她离开沙龙时总是心情畅快，觉得自己也能这样风风火火。

今天蕾奈特在抱怨某个人，说她根本没做什么却总想得到别人的夸赞。"这种人总觉得自己是圣人，其他人都是垃圾。"原来蕾奈特指的是那个在和她前任男友交往的女人，她每周都会去某个"机构"看他。"好像她应该因此获得一枚奖章似的。"

莫妮卡知道这个"机构"指的是监狱。三周之前，蕾奈特说一件事的时候，一不留神冒出了"雷克斯岛"这个词。在莫妮卡面前，人们总会敞开心扉。三十岁出头的她，即使修着精致的眉毛，看起来也很可靠。她也确实可靠。

她闭上眼睛，蕾奈特正熟练地给她的眉毛打蜡。有个主顾说蕾奈特简直是个艺术家，这个说法有些夸张了，莫妮卡没有附和，因为她自己就是一个艺术史学家。她现在在大都会艺术博物馆兼职，已经向蕾奈特大致解释过她的工作性质：来源研究，就是找出博物馆里哪些藏品是偷来的。她的独特优势在于她的母语是德语，她负责调查的艺术品曾在纳粹时代到处流通。她需要找到并阅读被没收财产的记录，仔细研究经销商的销售情况，看出走私者的行为模式。

"你的工作和警察差不多吗？"蕾奈特说。

"我们不往监狱里塞人，这些罪犯大多数都已经死了。"

"那你为什么要做这事？"

"为了正义，"莫妮卡说，"而且收藏赃物对博物馆来说是件不光彩的事。"

"我倒觉得没什么。"蕾奈特说。

学生时代的莫妮卡理所当然地认为，大多数欧洲博物馆都充斥着过去几个世纪殖民势力从不幸的国家掠夺来的古代艺术品。这对大多数人而言并没什么。但她现在研究的艺术品是从那些犹太收藏家、犹太家庭、犹太艺术商手里没收来的，人们在绝望中献出它们，在流亡中舍弃它们，它们从被转移走的犹太人家庭里掠夺出来，身上沾满淋漓的鲜血。

"如果有人偷了你那件漂亮的皮夹克，"莫妮卡说，"你肯定希望有人给你送回来，对吧？"

"我同情那个笨蛋，"蕾奈特说，"敢偷我的夹克。"

当晚，莫妮卡向她丈夫复述了这段对话。他喜欢听这些，但最近他有些心不在焉。莫妮卡没有着力模仿蕾奈特，从大学开始就待在纽约的她，只有在说到带有"th"的单词时才会露出德国口音，但试图模仿蕾奈特的语调节奏会让她听起来像个喜剧演员。

她的丈夫能模仿任何人。他是一个视觉艺术家，不是喜剧演员，但他的滑稽和讽刺相当到位。他们刚在一起的时候，他的笑话总让她爆笑不止。她的成长环境并不沉闷，但比起年轻时待的柏林，美国似乎轻松得多。她在给母亲的信里写道："这儿每个人都显得更年轻。"

现在她的丈夫朱利安在说："就该把她的夹克偷走，给她一个教训。"

"真刻薄，为什么这么说？"

"我烦透了那种觉得自己可以一帆风顺的人。你就有这一面，你知道吗，你的工作决定的。"

他最近一直这样，无缘无故就会话里带刺。他所在的画廊七个月前解雇了他，这自然令人沮丧，但他之前也经历过不少坎坷，这又不是莫妮卡的错。相反，她一直在帮助他——他的教职只能领到助教级别的薪酬，是她的薪水在养活他们。

莫妮卡突然想到，如果他总这么暴跳如雷，很可能意味着他没有出轨。偷情的男人在家总表现得更和善，甚至更愉快。但他表现得越来越像故意找碴，可能在为自己找理由准备出轨。

这些只是她的猜测，但他们的关系正在恶化。他们曾经有过几次分手和复合，这让她对他了解得更透彻。有几次他们分手后很快就复合了，但最后一次几乎彻底分开。他还在对某些事耿耿于怀。

最近，这种愤怒里掺杂着他的怨恨及失去画廊的悲痛。有时她眼中的他很优秀——他的才华，他的工作习惯，他不向艺术界潮流屈服的坚定意志——但现在不是赞美他的时候。

而且莫妮卡的工作并没有把她变成一个被宠坏的公主——

他凭什么这么说？她在贫困潦倒中长大，还有一个疯狂的单亲母亲，她的生活里没有什么是轻易得来的，或者说几乎没有，他知道这一点。

"别这么刻薄。"她对他说。换了蕾奈特也许会说出更有意思的话。

但他的态度温和到令她震惊，他说："我不想这样的，这不是我的本意。"

再见到蕾奈特是在三周以后，她与朱利安的关系缓和多了。她听到自己在炫耀："你知道他做了什么吗？他在卧室一角给我搭了一个书桌，一个嵌入式的书桌。"他确实是一个好木匠，但他鲜少费心去做这些实事。

"我以前有个会做手工的男朋友。"蕾奈特说。她指的是倒数第二任男友——她总会说到他："以赛亚给我搭过一个架子，现在还在我的厨房里呢，牢固得很。"

莫妮卡觉得搭架子这种事傻子都能做，但她当然不会说出口。即使是蕾奈特也有一颗真心，以赛亚也许就是让这颗真心碎了一地的人。

"有一年，克劳德过生日的时候，他做了一个特制的蛋糕台，有我这么高。"

克劳德是她的哥哥，只有谈到他的时候蕾奈特会带着无限爱意。他曾经对蕾奈特说，一旦他赚到钱（他还没有赚到），就会给她开一个属于自己的美容沙龙。"不用花几十亿什么的，"蕾奈特说，"只要一些保证金和几个月的租金就行了，这事完全有可能。"

"我会转去你那里做眉毛的，"莫妮卡说，"显而易见。"

蕾奈特现在的这家沙龙专为莫妮卡这样的人服务，在东五十街，地方很大。在这里，客人可以在私密的房间去除身体任何地方的毛发，或是为出席重要场合化一个精巧的妆容。这里有一种闻起来像香水、化学剂和融化的蜜蜡的味道，有跟诊所一样的白色桌子和上面飘着花瓣的水晶碗。蕾奈特的店会是什么样？

"会有更好听的音乐。"蕾奈特说。在这里，他们播放柔和至极的慢摇滚乐。"我会把它弄成绿色，那种查特酒的淡黄绿色，但要再暗一些。绿色令人放松。"

莫妮卡对颜色有不同的看法，但她被蕾奈特的详细计划打动了。没想到她居然是一个心怀梦想的人。在她那个年纪的时候，莫妮卡想要的是什么呢？只有朱利安。不停地做爱，疯狂的爱情，她为了他留在了美国。德国重新统一后，所有人都觉得柏林最具嬉皮士精神——那些留在东部废墟上的寮屋区、酒吧和涂鸦确实独具魅力，但朱利安会搬到那里去吗？想都不要想。柏林这个地方让他毛骨悚然，他是纽约的忠实信徒。

"他是个固执的家伙，"她母亲第一次来这儿见到他时就这么说，"因此，你要对他假装顺从，同时要有自己的主见。"

莫妮卡的母亲总有很多绝妙的建议，尽管没能让她自己悲惨的爱情生活有任何改善。在莫妮卡的脑海里，她就是一个纸老虎，酷爱在男人面前发号施令，却总被一笑而过。莫妮卡小的时候，这些男人大多都对她非常好，连她的父亲（没人能确定那是不是她父亲）都会每隔几年就出现一次，给她买礼物。布鲁诺（她从来没喊过他爸爸或是父亲）是她母亲从前的某任男友，那是发生在约三十一年前的一段露水姻缘。他因酗酒而衰老，脸上沟壑丛生，眼睛也总眯着，但他不是一个坏人。他喜欢对她的母亲说："亲爱的斯特菲，至少我们还活着。"这话有些伤感，但他却能泰然处之。

紧接着，她母亲发表了对朱利安的下一个评价——他很自恋。

"这是好事，"莫妮卡说，"我们德国人就没这个劲头。"

德国人被钉在耻辱柱上，他们犯下的罪行被一桩桩记录在案。谁也不知道别人的祖上在纳粹时期做过什么，但谁家没出过个把罪犯？很可能是某个表兄弟，某个一时脑热的人，另一个维度的自己。

她震惊于美国人居然可以若无其事地问她这样的问题。事实上，她听说过某个叔祖父的一些恶性事迹。朱利安问得就是这样突然（他当然有他的理由），但这之后，他就很不喜欢听到这些，每次他都一言不发，像在暗示别人不要旧事重提。

朱利安不是一个生性安静的人。在学生时代他就接受过训练，那时他必须足够大胆才能捍卫自己的艺术（那些需要巨大空间的装置艺术），这种精神使他总能受到女人的垂青。一开始莫妮卡喜欢的就是他这种莽撞的自信。

最近他心灰意冷，话也少了。他那种锐意进取的劲头被用在了对他们住处的大改造上。这是一个位处布鲁克林区的杂乱小窝（在布什威克的一个混合街区），他的即兴创作让这种杂乱愈演愈烈，东西塞得到处都是，木箱堆积成山。他会画很多草图，为新的灵感欣喜若狂。实际上莫妮卡并没有多喜欢他的作品，尽管她总假装很崇拜他——也许有朝一日她会懂得欣赏。他是她此生的挚爱，无论他做什么。这一点她完全不必假装。

一年半之前的那个冬天，她离开了朱利安。在她看来，他似乎把这归咎于连续几个星期关于钱的争吵和冷战，然后她就和一个画廊老板私奔了。画廊老板年纪太大了，也一点儿都不把她当回事。他带她去圣巴特过了一星期，她从来没去过加勒比地区，冬天的热带地区令她为之倾倒，但到了最后她只想要朱利安。她费了很大劲，发自内心地忏悔和承诺，就这样一直到春天，朱利安才回到她身边。真是一段可怕的经历。但和好之后，他们两个都感到心情畅快、情欲四射。

那个叫理查德的画廊老板无法接受这个结果，她的迅速分手激怒了他，只要他们一碰面，他就对她十分无礼，对朱利安也相当粗鲁。在加勒比的那一周，莫妮卡对他说了一些朱利安的坏话，这令她后悔不迭。朱利安总认为，他之所以没得到救助津贴、群展的邀请、收藏家的垂青，是因为理查德在背后说了他的坏话。也许他的想法有点儿道理。

莫妮卡愿意尽己所能来铲除理查德这个绊脚石。引诱他、贿赂他，或是再次跟他上床？她不觉现在这样做会有用。

她问蕾奈特："你会试图弥补自己做过的蠢事吗？比如你搞砸了什么？"

蕾奈特说："你是说我会把别人的眉毛修坏？我才不会。你指的不是这个，对吧？"

"当然不是，我在想我惹恼过的一个朋友。"

"我哥哥踩坏了我的太阳镜，然后他去买了一副新的给我。这很棒，不是吗？"

"棒极了。"

"他怕我会宰了他。"蕾奈特说。

显然，朱利安试图通过勤做家务把自己从沮丧中解救出来，他在做一个很费功夫的橱柜。莫妮卡对这种精神肃然起敬，他四处碰壁，却仍努力上进。现在他们每天晚上都其乐融融，他们坐在沙发上喝啤酒，他详细地解释正在设计的新装置，这是为学校做的——如果有学校愿意买单，这个用到了桦木和带刺的铁丝网，听起来还不错。

早上七点，她走出浴室的时候，朱利安还在睡觉，她的电话响了。哪个混蛋会在这个时间打电话？是一个男人的声音，说的是德语——居然是布鲁诺。他说他很好，谢谢，但她母亲不太好。她在医院，心脏病发作了。"考虑一下回家吧。"他说。莫妮卡想和母亲说话——为什么她在和布鲁诺这个醉鬼说话，而不是她的母亲？他说，她的母亲还在睡觉，而且太虚弱了、说不了话。"我觉得你最好现在就来，别再拖了。"他说。"她还不算老。"莫妮卡对朱利安哭诉道。

朱利安抱着她，拍着她的背，说："我们现在就去。"

他只跟她去过一次德国，他讨厌德国，那些需要停下来转译成英文的对话，那些在他眼中太理性、太风格化或是太这个太那个的艺术。他一直不愿去那里。莫妮卡的母亲对他也不好，她不会想见到他。

"你还要上课呢。"莫妮卡说。

"谁在乎？"他说。

她说，如果情况实在不妙，她会让他过去，但她不觉得情况有这么坏。朱利安被她的态度伤到了，脸色发冷，但他还是说："好吧，听你的。"然后就起床给她泡咖啡，而她则试着打电话给航空公司，买那种为重症病人亲属提供的特价票。她的声音听起来很公事公办，却带着一种疯狂，在她报出母亲的名字时，她的声音哽咽了。

在七个多小时的飞行中，她一直在想着母亲。小时候，莫妮卡每天都跟着母亲去她管理的服装店，在后面轻声地玩耍。旁边没有人的时候，她母亲对她很严厉；旁边有人的时候就活泼得多。在她九岁时，有一次母亲消失了两天，把她一个人留在家里。莫妮卡聪明地敲响某个邻居的门，他们是一个大家庭，那些孩子年纪都比她大，她在那儿过得不错。没有人会想要一个那样解决问题的母亲，十来岁时，莫妮卡跟男孩私奔过两次，但持续的时间都不长。她母亲已经尽己所能了，但她的能力实在远远不够。在电话里，她依旧用德语把莫妮卡叫成"小老鼠"，她总是一阵阵傻乐——在某个男人打电话给她以后，她们会在厨房里跳舞转圈。在飞机上，这些回忆让莫妮卡泪流满面。

莫妮卡发现她把事情想得太坏了，连到了医院怎样保持镇定都想好了。实际上她走进病房时，她母亲正醒着，脑袋支在枕头上，努力向一个女人解说着什么，那是她的朋友，埃尔克。

　　"我的天！"母亲一认出莫妮卡就尖叫起来，"你这么大老远跑来，看来我是快死了。"她咧嘴一笑，伸手去拥抱莫妮卡。

　　"你看起来没我想得那么糟糕。"莫妮卡说。

　　"你母亲好多了。"埃尔克说。

　　这让她松了一大口气。莫妮卡感受到了幸运之神的眷顾，心中狂喜。

　　"他们给你用药了吗？"她问，"我希望她们给你些有用的药，能让你不再犯病。"

　　"我得戒烟了，"她母亲说，"我之前戒过烟，戒了有一百次了。"

　　"她得放轻松，"埃尔克说，"但这可不符合她的性格。"

　　她的母亲看上去又邋遢又沮丧。她把头发染成了浅灰金色，新长出的头发已经遮不住了。她肩膀圆润丰满，但不知怎的还是很瘦。

　　"你要待多久？"她问。

　　她没见到布鲁诺，他通知完其他人就自动闪人了。埃尔克一直留到午饭后，晚饭后，另一个老朋友克里斯塔也来了。

谈话间，她母亲睡着了。

莫妮卡坐在床边，听着病房里另一个病人开的电视新闻声，母亲的脸在睡梦中显得很平静。她和一个医生谈过，那个女医生年纪不比她大多少，说她母亲对于治疗的反应不错。用美国人的话说，她走出森林了。这个医生没有用这个比喻，但莫妮卡想到了那些森林——幽暗的森林，浓密的灌木丛，危机四伏。

在电话里，她不得不向朱利安解释，德国医院不会像美国医院一样几天后就赶病人出院，她得留下把母亲带回家安顿好。"我母亲一直在谈论布鲁诺，好像救她一命的是他一样。"

"代我向你母亲问好。"他说。

她母亲对他从来都不友善，她还没有原谅莫妮卡搬去美国的事，总告诉她柏林的物价低得多，社会先进得多，男人也有风度得多。她在政治上也是反美的，部分也是出于对这桩婚姻的愤恨。

"你可别和哪个德国人跑了。"朱利安说，他听说过她母亲的光荣事迹。

莫妮卡在克罗伊茨堡长大，在地图上看这地方应该归于东柏林，却被归在了西柏林。这里破旧混乱，广受土耳其家庭的欢迎。她小时候，那些毁坏的建筑里非法开了许多卖旧衣服的跳蚤市场，街道闻起来满是煤炉散出的烟味，人们用它来取暖。这个街区有了些变化，但没有全变。销售的食物更上档次，但她也能看到很多熟悉的店铺。在她看向一所学校的大门时——她曾在那儿上过学——差点被人行道上的方形黄铜制品绊倒。这是一块"绊石"，刻着当地的历史。"维多利亚·卡纳法尼长眠于此，一八九五年出生，一九四〇年被杀，地点不详。"

她想用手机拍个照片发给朱利安，但她已经发了太多这种照片了。他对于柏林的不喜与他是犹太裔有关，但谁能说这有什么不对吗？然而，她想让他看到这个世纪里这座城市做出的种种努力。让他看看光明节时勃兰登堡大门前立起的巨型烛台及有三个足球场那么大的大屠杀遇难者纪念馆。莫妮卡（或者她的朋友们）曾经很好奇，母亲劝她离开朱利安是不是受到了反犹太情绪的感染，但她没看出这种可能性。她母亲是一个左派人士，好管闲事，思想豁达，世界主义，曾为民权而游行，与光头仔①们毫无瓜葛。

公寓很凌乱，但并不脏。她太熟悉这儿了——金色的木

---

① 尤指对其他种族的人实施暴力行为的白人青年。

头咖啡桌，边缘有一个香烟印子，蓝色和棕色的土耳其地毯。在卧室里，一张椅子上扔着一件胸罩，地板上有一本平装书，那张床还没被整理过——母亲就是躺在那上面打电话自己喊救护车的。莫妮卡不习惯怜悯母亲——她们一起生活时，互相指责、打断对方的话、唱反调才是主旋律——但现在，悲伤铺天盖地向她袭来。母亲在等救护车的时候打电话给布鲁诺，给他的留言直到几个小时后他才看到。他们不常见面，但他好歹是个男人。

以他的一贯标准来说，他做得够好了。莫妮卡到达的两天后，他再次出现在医院，她母亲在床上嚷道："看看是谁来了！"莫妮卡已经好几年没有见过他了，但他已经那么颓废干瘪了，根本不可能再老到哪里去。

"我的姑娘们！"他说着，拥抱了她们俩。

莫妮卡曾经怀疑自己是否长得有点儿像他，也许是因为他们的鼻子都很小？现在已经看不出来了。

"你知道吗，莫妮卡现在很成功，"母亲说，"她在大都会艺术博物馆工作。"

"只是一份临时工作而已，"莫妮卡说，"我想过段时间就要结束了。"

她试着解释来源研究，用德语更容易解释。布鲁诺似乎对它非常熟悉。

"好极了，"他说，"他们永远不会归还，但他们又必须得做些什么。对了，你丈夫还好吗？"

她母亲叹了一口气。

"朱利安正在崛起，"莫妮卡说，"他在创作大型装置艺术，你知道吗，就是那些用自然和人造元素制作成的场域特定艺术，效果很炫，他在很多很棒的地方展出过。"这话里有一部分是事实。

"你得把他带到这儿来，"布鲁诺说，"我认识一些会感兴趣的人，做画廊的。柏林人喜欢那种东西。"

她是从布鲁诺那儿学的胡扯吗？他的话总引人入胜，但从来都不可信。他什么时候和艺术界大腕密切交流过？他确实认识很多人，那些年他总出现在各种各样的酒馆里，但那只是些酒肉朋友，何况现在他们也早已不联系了。

"我会发一些他作品的照片到你手机上。"她说。

"你们居然在我的病床前谈生意？"母亲对他们喝道，"你们就是这么探病的？看清楚，你们现在在心脏病科室！"

"亲爱的斯特菲，"布鲁诺说，"我去弄点儿好吃的给你好不好？土耳其餐馆卖的那种布丁怎么样？你喜欢吃，也好消化。"

"我养了一个小资本家，"斯特菲说，"她一直都想过好日子。看看她穿的裙子吧，她现在什么都有了。这就是她的本性，不断攫取和掠夺。"

"你能消停一点儿吗？"莫妮卡说。她为什么就非得有个这么爱夸大其词的母亲？

"你知道什么样的布丁最好吃吗？"布鲁诺说，"那种带杏仁的，美味极了。"

"这周围买不到吧。"斯特菲说。

"也许能买到，莫妮卡可以出去看看吗？"

布鲁诺是觉得斯特菲想跟他单独相处吗？他们没有在恋爱，但以她的性格，肯定想让他把所有心思都放在她身上，即使是现在。

莫妮卡也很高兴能够出门，穿梭在米特区高档的小巷里，寻找一些土耳其的东西。她回去时母亲已经睡着了，布鲁诺也走了——陪着一个在呼呼大睡的病人有什么必要呢？但他给她发了短信，说："晚上一起喝一杯？"莫妮卡约好了和一个女性朋友吃晚饭，但对于布鲁诺来说，再晚都不算晚。

布鲁诺像个鬼魂一样混在那间熙熙攘攘的酒吧里，日薄西山、头发花白，很容易被注意到。他吹着口哨赞扬她的外套，这个年代还有人吹口哨吗？他还点了印象中三年前她喜欢的那种啤酒。

"别怪我多事，但我必须要问清楚。医生怎么说？"

"他们看上去很乐观，"莫妮卡说，"如果她能改变生活习惯并坚持吃药。"

布鲁诺摇摇头："她不会在你面前显露出来，但她那时被吓哭了，说情况糟透了。"

"真的吗？"

是母亲一贯的装模作样，还是莫妮卡会错了意？她在脑海回想医生说的话：心肌梗死，局部缺血，瘢痕。

"我会再找他们聊聊。"她说。

"你有钱吗？"他说，"她是个穷光蛋。"

政府会派护士过来照顾她，如果她不能工作，还会得到一点儿养老金。但那够吗？

"肯定不够。"布鲁诺说。

"我手头也不宽裕。"莫妮卡说。她穿着一件得体的黑色连衣裙，是为了上班买的。这件巴尼百货的打折货唬住了所有人。

"钱对她很重要，"布鲁诺说，"你能拿多少就拿多少吧，现在网上汇款很方便。"

他们在骗她的钱吗？她突然想到那个总在提防被骗的蕾奈特。是她母亲让布鲁诺这么说的吗？还是说这是布鲁诺的主意？

"没钱也没关系，"他说，"我只是想让她安心，钱能带来莫大的安慰。"

莫妮卡笑了。

他说："你很快就会回去吧，回纽约。你现在住在那儿对吧，我理解。是人都会觉得分身乏术，只有上帝有这种能耐。"

莫妮卡在笑，因为他这么说好像他亲身体会过似的。

他说："言归正传，你知道吗，秋季这儿有一个艺术博览会。现在太赶了，找不到画廊来资助你丈夫，但我觉得这事儿没准能行。"

"他会很高兴的。"

布鲁诺说："是的，成功令人振奋，但有些人的生活里就是没有这两个字。"他的语气半是懊悔、半是顿悟。

"不管怎么说你还是挺住了。"

他说："唉，我自有我的路子。"

那晚她躺在黑暗中，躺在她母亲客厅（她一生都在抱怨这个客厅）的沙发上，感到了恐慌。自己太乐观了，用美国人的思维一厢情愿地认为医生可以解决一切问题。她几乎从来没有真正依赖过母亲，但这些都不是重点。重点是，现在的情况很严峻。

她多蠢啊，居然没让朱利安一起过来。她想他想得发疯，笨蛋才会想独自面对这件事。

但布鲁诺真的知道实情吗？还是说他为了骗钱故意吓唬她——这个想法太可怕了。不，即便是他也决计做不出这么过分的事，况且，母亲的表现很有说服力。她向布鲁诺哀号，因恐惧而哭泣，脑子里全是最糟糕的结果，这种表现根本无可厚非。这就是人类的本来面目，有个那样的母亲会让你对任何人类行为都习以为常。

莫妮卡没能从医生那里得到任何明确的回复。医生说："这要看她，临床预后分析结果并不好，但如果她改变生活方式，就能活久一点儿。我也希望能拿出一个水晶球来帮你预测未来，但我们没有这东西。当然，她的身后事也该提前准备了。"

这比莫妮卡想得要糟糕。医生是在走廊跟她说的这番话，莫妮卡回到病房时，母亲正和克里斯塔一起大笑着。她们的话题和钱有关，说的是前些年她太穷买不起烟时，曾在咖啡馆的烟灰缸里找烟头，直接被经理赶了出去！

母亲对克里斯塔说："你知道吗，我的女儿有一份很棒的工作，和艺术有关，让这个世界重新恢复秩序。"

"简直太棒了。"克里斯塔说。

这份工作比表面上要乏味得多。她的职责是检查那些已经被人检查过的清单，看看是否能看出一些新东西。她发现的任何蛛丝马迹——某个拍卖纪录、某个可疑的卖家——都会被添加到指定年份的在线物品目录中，以防馆方被人索赔。她在博物馆的期间，没发生过一起索赔事件。

"至少他们会付薪水给你，"母亲说，"如无必要我绝不会回去工作，我宁愿饿着，我才不怕挨饿。"

"不，你根本挨不了饿。"克里斯塔说。

斯特菲说："我病得这么重，即使想什么也做不了啦。"

莫妮卡接她出院的那天，她把斑驳的头发扎成一绺，涂了红色口红，还穿着衬衫和 A 字裙，像是去参加一场明知通不过的面试。在莫妮卡叫的车里，她一直在说："好吧，至少我快到家了。"

莫妮卡腿上放着一个面包纸盒。母亲一直在抱怨快被抽烟的禁令逼疯了，她的朋友们带了果酱甜甜圈、超大的韧性姜饼曲奇、罂粟籽蛋糕等甜食来医院，帮她转移注意力。莫妮卡打算等她们到家，就泡上一杯好茶，享用这些剩下的甜食。

母亲穿过自己家的门，说："啊，看起来不一样了。"

"我整理了一下。"

她在沙发上坐下，说："我不是指这个，我得重新适应一下。我不再工作了，我是个病人。"

"你是个闲人。"

"跟我说话的时候别那么高高在上。"母亲说。

莫妮卡没理她，摆好了蛋糕。她母亲说："别吃，留着等布鲁诺来一起吃。"

在医院里，她把布鲁诺以莫妮卡父亲的身份介绍给了所有护士。好像他们是一对真正的情侣似的，好像他们之间有过什么了不得的爱情似的。

母亲说："反正你也快回纽约去了，和你丈夫待在一起。你去年不是离开他了吗？我记得是的。"

"别提了。"

她母亲干笑了一声。如果有个男人在她身边，会不会对她有好处？母亲年轻的时候，男人从来没给她带来过好处，起码在莫妮卡的印象里是这样。母亲说她现在不想交新男友，但谁能料到她下一秒会做什么呢？

母亲说："你就好了，又健康又有丈夫。"

"我从来不生病，在纽约，所有人冬天都会感冒，我连感冒都没有过。"

"我也一直很健康。年轻时我糟践自己的身体，想做什么就做什么，还好我很幸运。"

莫妮卡从来不会把幸运这个词和她母亲联系在一起。

"我这一生从没生过病。什么毛病也没有，直到现在。"

"别抽烟就行了。"

"就快结束了，"她母亲缓慢地说道，然后声音抬高问道，"它究竟是什么？"

她是指生命。她想让莫妮卡回答她的问题吗？母亲直直地盯了她很久。与其说这是一个问题，不如说是一种抱怨。费这么大劲活着，究竟是为了什么？

"我想，你的日子还长着呢。"莫妮卡说。

这句话并没有在回答母亲的问题，还激怒了她。她说："你什么也不懂，你就是个撒谎精，总是偷换概念来骗我。"

"你说了算。"莫妮卡说。

她母亲端起茶来喝，还吃起了那块她说不想吃的德式水果蛋糕。她脸色苍白，皮肤晦暗，但整体看起来确实好多了，不是吗？

"你不算是个糟糕的母亲。"莫妮卡说。

这句并没有多难说出口，但当她看到母亲满脸的信服时，简直吓了一跳。

这就是她想要的吗？这句认可？她那时完全可以选择做一个更好的母亲，但人们总觉得有这份自知不足的觉悟就已经很值得表扬了。母亲看起来确实更开心了，又柔和又欣慰。

朱利安在电话里说："别在柏林待得太安逸了。"

她想象着朱利安和她母亲共处一室的情景，也许现在本可以是这样的，他和她母亲本可以和解的。只是也许。

"我希望你更喜欢柏林一些。"莫妮卡说。

"我完全不喜欢。"

"布鲁诺又消失了，也没什么好责怪他的。"

她母亲当然会责怪他。可即使有比布鲁诺的坚实百倍的爱情，又有什么用呢？莫妮卡对它毫无信仰。人们觉得爱就是一切，它能做的事情很多，但并非毫无局限。

它能把她六十一岁的母亲从心脏病手中挽救出来吗？它能阻止战争、洪水，让飓风放慢脚步吗？也许不该要求它来"拯救"什么，对于爱而言，这个标准太高了。

那天晚些时候，布鲁诺给她发了一封电子邮件，说"在为你老公到处奔走，请人帮忙参加艺术博览会，我还得找一个人聊聊"。莫妮卡觉得明智的做法是不向朱利安透露半点口风，因为之后要是告诉他计划流产，她会很难堪。即便如此，布鲁诺最终打电话告诉她所有的努力（如果他真的努力过）付诸东流的时候，她仍然感到备受打击。

布鲁诺说："你知道的，现在太晚了，你应该早些开始。"

为什么我相信他的鬼话？她在想。有多少人这么问过自己？

"你母亲，"他告诉她——就在莫妮卡和母亲一起坐在房间里的时候，"很骄傲有一个能够照顾她的女儿，你应该听听她的那些话。"

莫妮卡说："我母亲刚刚告诉我，她最喜欢的城市是伊斯坦布尔。尽管在那儿你和一个意大利人跑了。她说她后来报复了你，还说你们在土耳其的生意发了大财。"

"我们从来没发过什么财，别听她瞎说。你母亲手头从来就没宽裕过。"布鲁诺说，"别忘了这一点。"

"我怎么可能忘？"莫妮卡说。

她在离开之前，还是去了两次银行，取了足够的钱，给母亲留下一个信封，里面装着一千七百欧元。这笔钱派不上什么大用场，但可以在她母亲没钱或是救助金延迟到账的时候帮上点儿忙，这个人从来都不擅长做预算。"这样你手头就宽裕一点儿了。"莫妮卡说。

母亲说："这是说你再也不会回来了？"

莫妮卡为她这个野蛮的想法脸红，她从来没有这样想过。"不，我还会回来的。"

母亲拥抱着她，说道："我从没想过你会变得这么优秀。"

"意外之喜，对不对？"

"我的小老鼠，你自己够花吗？你会不会给了我太多？我知道你丈夫没有收入。"

"没什么，真的。"莫妮卡说。

"别告诉布鲁诺，他总是要借钱。"

"我们会想念你这个善良大方的女孩，"布鲁诺在给她的最后一封信中说（他知道了），"希望你不会忘记我们，代我向你才华横溢的丈夫问好。你猜怎么着？画廊老板很喜欢他的作品，想多了解一点儿。以下是联系方式。"——她只希望这个联系方式不是假的。朱利安会很高兴，会认为这是她的功劳，是她回来的时候为他准备的礼物。她得告诉他自己为这件事做了多少工作，多么卖力地推介他，那个人又是多么喜欢那些照片。

在离开的前夜，莫妮卡和母亲喝了一瓶烈性药草酒，这对她母亲的心脏并不好，还让她俩头晕目眩。想到自己可能再也见不到母亲了——这个总涂着红色口红、取笑安吉拉·默克尔的发型的女人——这个想法令她无法忍受。她们分别得很体面，不是吗？

她在洗碗时听到母亲抱怨："你怎么变得这么狠心，你这个没良心的，你不能把我一个人留在这儿。这个要求难道很过分吗？"莫妮卡早就把公寓里所有的香烟都扔了，她母亲喝多了酒，突然想要来一支烟，为什么她不能来一支烟呢？

莫妮卡想说："等我走了你再糟践自己吧。"说这话还有什么用？她只得走出门，走下楼，走到街角，就在迷你超市关门前，她以在纽约一半的价格买到一盒万宝路。回家的路上，她拿出一根烟，把其他的都扔进了垃圾桶。

母亲接过她递来的香烟，坐回椅子上，让莫妮卡点燃了它，夸张地呼了一口烟气，说："我就知道你会这么做，我问对了。"

她这话也许满怀深情，但莫妮卡感到了一丝嘲讽。

早上，烈性酒带来的宿醉伴随莫妮卡一起上了飞机，昏昏沉沉，她整个旅途都在想朱利安。她的归心似箭里不仅饱含欲望（尽管这个是主体），还有一种如释重负，终于能离开这儿了。她这样是不是很没心没肺？有点儿。

她走进他们在布什威克的公寓大门，这时突然感到一种恐慌，她无法确定朱利安是否还在。还好他在。他是不是变高了一点儿？戴着他的黑色眼镜，穿着他古旧的灰色 T 恤——如假包换的朱利安。他向她打招呼说："嗨，我的姑娘。"还抱了她整整有一分钟。他为她担心了吗？

"终于回来了。"她说。

后来他说："我简直不敢相信，你那么忙，居然还帮我张罗这个。"他是指那家柏林的画廊，他们所谓的对他有兴趣。这似乎是一个真实存在的画廊，他听说过这个名字。他不是一个谦虚的人，却由衷地对她产生感激之情，他说"这事没准能成"。她的贤内助属性令他大吃一惊，他从未想过她能帮到自己。

布鲁诺总是胡乱吹嘘，但奇怪的是，居然有人会真的花时间（哪怕一秒钟）去听布鲁诺的废话。这个人欠他人情，还是曾经和他一起做过什么坏事？不得而知。不管怎么说，布鲁诺确实为她费心了。他是想要弥补什么吗？忏悔的力量超乎人们的想象。

画廊老板很快就回信了，他说很欣赏朱利安作品中那种"观点和抒情的结合"，它改变了人们对空间的感知。这些话让莫妮卡记了起来，当初自己为什么会喜欢这个作品。

朱利安高兴坏了，在家里走来走去，不时过来摸摸她的肩膀或是臀部，她喜欢他的抚摸。从他们第一次分开、复合算起，他已经很久没这么高兴过了。他们现在相处得多好啊，进入了一个全新的阶段，比很多时候都要和谐。她在等一个恰当的机会，说出把他们的一大笔生活费花在母亲身上的事。

莫妮卡和蕾奈特约时间的时候，她还没从时差中完全恢复，闭着眼睛躺在椅子上真是一种享受。她的眉毛简直一团糟，蕾奈特说："这可是一个大工程。"

莫妮卡解释了一下她去了哪里。

"你母亲还好吗？"

"我不知道，谁也说不准。"

莫妮卡差点就要开始抱怨她在柏林的苦差事——没完没了地去医院，给她母亲到处跑腿，忍受布鲁诺的冷幽默，还被他说服、留下那么多钱——但她决定不说为妙。她做那些都是心甘情愿的，不是吗？如果这些并非她的本意，那做了又有什么意义呢？

蕾奈特说："我母亲才四十五岁，但她还活着简直就是个奇迹。这证明，上帝就爱照拂笨蛋。"

"如果是这样，我母亲可以永生。"莫妮卡说。蕾奈特正在给她抹那种软蜡，带着一种奇妙的温暖。"你知道她昨晚在电话里跟我说什么吗？"

连蕾奈特都无法想象。

"她说如果我撇下丈夫回柏林，完全可以找一个更好的人。"

"我还以为你很喜欢你丈夫呢。"

"我确实很喜欢。"

"你肯定没听她的。"

"她会无所不用其极，她就是这么个人。我丈夫说她逼着我搬回去，是在以她的方式感谢我。"

她很惊讶朱利安居然会这么看。

她和朱利安之间的裂痕已经修复了吗？这可能吗？每一天人们都会提到弥补："弥补又能弥补多少呢？"这句诘问听起来就很愤世嫉俗。但人们一听到莫妮卡的工作总是会竖起大拇指，说这份工作能帮助归还偷来的艺术品，归还资金，能弥补些什么。

蕾奈特已经把蜡剥了下来，开始最后的拔除修整，动作非常敏捷。

"就算再穷，朱利安也永远不会离开纽约，绝对不会。"莫妮卡说。

"这是当然，我也想象不到自己住在柏林会是什么样，"蕾奈特说，"和纳粹待在一起。"

莫妮卡已经不止一次向蕾奈特指出，战争已经结束将近七十年了，纳粹是违法组织。但在残酷的事实面前，任何雄辩都显得苍白无力，任何辩解在那些历史面前都站不住脚。

蕾奈特转而谈到，即使你决定搬家，把所有东西打包搬走也得一大笔钱。"你告诉你母亲，没钱寸步难行。"

莫妮卡说："她会让我去抢银行。"

谁知道她母亲会提什么要求呢？和蕾奈特一样，她也做着发财梦。母亲兴许没有料到莫妮卡会在最后时刻给她一个信封——这是什么？现在她也许已经开始懊恼里面的钱不够花了。但当时的她满是狂喜和雀跃，因为意识到女儿对她的爱而开心，同时也感到少许震惊。想到这些，莫妮卡很高兴。

蕾奈特说："我哥哥说他正在存钱。鬼才相信，除非我亲眼看到那些钱。"

莫妮卡说："他还年轻，不是吗？他可以晚点儿再存钱。"

蕾奈特说："等他发迹，我要等到头发都白了。"

莫妮卡掏出钱包给蕾奈特付小费，差一点儿错给了她五欧元。现在看到它是多么奇怪啊，印有古典渡槽纹路的钞票，好像她正在两个不同的维度里穿行。"欧元可是好东西。"莫妮卡说。

"所有的钱都是好东西，但我们这儿只收美元。"

"我敢打赌，肯定有人会错给你一些外国硬币，比如那些到处旅行的人。"

蕾奈特说："我会可怜那个傻瓜，敢在我身上用这种伎俩。"

三

沉默的羁绊：自由与奇迹

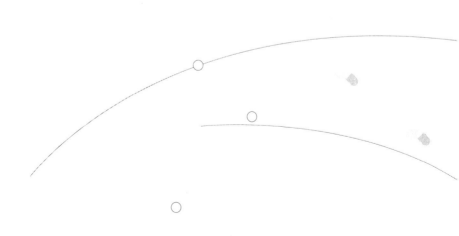

8

我从来都不喜欢蕾奈特。我甚至不喜欢她喊我名字的方式。"蕾——娜——"拖长音调，好像别有所指似的。博伊德怎么可能喜欢过她？我没有认真问过他这个，我自有想法，事实上我胡思乱想得太多了，并不想刨根问底。她也有她的想法，好吧。但我们注定水火不相容。

离开姑妈的公寓、回到社区后，我打听到更多关于蕾奈特的事。据说有好几个星期，她去哪儿都喋喋不休，不分日夜地打电话骚扰她的朋友们，给他们发情绪失控的语音邮件。你们知道克劳德在车祸中断了多少根骨头吗？你们知道他曾经背诵了整整一章幻想小说，被所有人当成傻瓜吗？为什么他们判定他真的死了？有什么依据？

过了一段时间，她安静下来，在博伊德工作的咖啡馆晃荡，连续几个小时坐在那儿，一杯接一杯地喝牛奶，一句话也不说。博伊德巧妙地安慰她，哄着她离开，她一边哭泣一边抗议。

贫穷拯救了她。她不得不从沉痛的悲伤中走出来，从暴怒与刺骨的冰冷中走出来，拾起自己的谋生技能。她得回沙龙工作，如常地处理女人们的眉毛，得跟人说话，还要说得有趣。她们在那儿谈天说地，聊电视明星的桃色新闻、天气和素食，她回归之后聊得更欢了。

我从我们楼里和麦克斯韦约会过的女人那里听说了这些，还从与奥利弗一起上日托的孩子母亲那里听说了一些别的。后来听到的消息让我没那么怕见蕾奈特了，但实际上，即使在琪琪回来，奥利弗和我住回我们的旧街区之后，我也从未见过她。

我姑妈离开了三个星期，现在又回到了纽约。她总是给我打电话，说："任何时候都欢迎你回来住，如果你待的地方让你觉得不舒服，或是担心那个叫什么来着——博伊德——找你麻烦的话。"

"博伊德！"我说，"他为什么要找我麻烦？"

然后奥利弗就在后院尖叫起来："博伊德要来！博伊德什么时候要来？"

"不，他不会来了。"我说。

但奥利弗不肯罢休，坚持自己的看法，说："博伊德一定会来！你什么都不懂，他想见我们！"奥利弗尖叫起来，有多大声就叫多大声。

"我不这么觉得。"我说。

她是什么意思，博伊德找我麻烦？我只交往过一个对我动粗的男友，那就是奥利弗的父亲凯文，奥利弗还没出生我就离开他了。但我的话并没有改变她的看法。

"先哄他睡觉吧，我晚点儿再打给你。"琪琪说。

"我马上安抚好他。"

"孩子们很难接受一段感情的结束。"姑妈说。

奥利弗还在大喊大叫，我说："他必须学会接受，现在这是我们所有人的必修课。"

我在住处又翻找了一次，看看做香烟生意时有没有落下一些钱，也许有几沓钞票会被不小心塞到某个角落呢？我在想，无论翻到多少，我都会寄给蕾奈特，说："给，这是你的。"这笔意外之财也许会让她想起那些好日子。我对奥利弗的说辞是，这是在做秋季清理，他说："你把这儿弄得更乱了。"

过去克劳德总说，他想给妹妹开一个属于自己的美容沙龙，他觉得自己离发大财已经不远了。而她只想租一个店面，叫"永恒之眉"——这就是她的梦想，成为自己的老板，尽管她已经在对所有人发号施令了。这样的地方，只要有一笔起始资金就可以长长久久地开下去。

如果我碰巧能找到足够的钱，那蕾奈特一收到这笔钱就会知道，她不该把仇恨投射在我身上。我电脑里有她的邮件地址，她给我寄过克劳德生日派对的邀请函，她的家庭住址也在邀请函上。我可以把支票放进信封寄给她，就这么简单，或者我可以用线上方式转给她。我知道她的名字怎么写。

我知道这只是我的胡思乱想，但这个想法慰藉了我。我每天都沉浸在后悔中，但覆水难收，克劳德再也不会回来了。但我找到了一些自己能做的事——不管怎么说，钱就是有这个力量，可以让蕾奈特的境况有所改善。可我并没有钱。

去日托中心接奥利弗的时候，我去早了，只好在走廊上等他们做完数字拼图游戏。和我一起等的另一个母亲——塔尼亚，曾和麦克斯韦、博伊德上同一所高中。她涂着粉牵牛花色的口红，看上去很精神。我忍不住问："你听到什么关于麦克斯韦的消息了吗？"

她说："还在康复阶段，但会好起来的。他们说可以治好，他现在和姐姐一起待在奥尔巴尼，他会回来的。"

"蕾奈特怎么样？"我没料到自己会问到这个。

"你知道多少他们的事？听说过那辆被撞成废铁的车吗？那辆车在她名下。"

多明智啊，没让他们把它记在我名下。又想到那辆金牛座——这令我感到很不适，它凹陷的银色车尾，还有威利挂在镜子上当吉祥物的兔子娃娃。

"你知道吗？车放在那儿每天要交五十美元，他们移动不了那块废铁，却会一直收你的钱。他们想让蕾奈特出钱，把车拖到废品商那里去。"塔尼亚说。

"怎么样了？"

"拖了很久，他们一直逼迫她，最后那帮人一起凑钱帮了她。博伊德和一些朋友。"

"车里有现金啊。"我说。说这话是不是很蠢？

"不见了，"她说，"一些警察发了大财，要么就是拖车工。他们那时也没空打听这事。"

一切都化为泡影。他们的原则很简单——低价买，快速卖。就这样，威利给约会对象们买的那些昂贵的衣服，克劳德给新女友的孩子买的玩具，博伊德为我们准备的房屋清单……全都是梦幻泡影。

就在那时，奥利弗的一位老师打开了教室的门。我们艰难地在凌乱的桌椅和一群不安分的四岁孩子之中找出自己的孩子。奥利弗说:"你好,妈妈!我可以为你数到一百!一,二,三,四,五,六,七,八……"他一路数下去。

整晚我都在想克劳德。我想起他为女朋友的孩子买玩具钢琴的事。我们和他一起去了折扣店,看着他对比不同型号键盘的纸盒。他们不让试,只让看。他问:"你们觉得哪个最好?"他连那个孩子的面都没见过。奥利弗贡献了自己的想法,但到了收银台他才意识到自己完全没有机会玩这个玩具,于是开始哭闹。盒子还是没有拆封。克劳德说:"孩子总会无缘无故制造很多噪声。"

"你最好早日习惯这种噪声。"博伊德说。

"有我在,杰肖娜不会哭的。"他说,他居然真的相信这话。真是个快乐的日子,他对我说:"别笑得那么夸张。"

最近,我的朋友萨宾纳交了一个新男友,对此她相当兴奋。这是理所当然的,我全程都假装很感兴趣。他是她工作的那家餐厅里的一名厨师。她说:"仅仅是他做的蘑菇烩饭就值得我跟他上床。开玩笑而已,我们刚开始没多久,还不怎么了解彼此。这才是最棒的,不是吗?"

鬼才相信她会对他有半分怀疑，她满脑子都是希望。

"你也会找到新男友的，"她说，"慢慢来。"

我早已放弃对博伊德的希望，我们已经一个多月没见面了。我在姑妈家的时候，做过一些可怕的梦，满是我对他的想念。梦里，博伊德毫发毕现地突然出现在我面前，对我若即若离。在他触碰到我之前，我就会醒来，发现自己在一张陌生的床上，一种荒谬感油然而生，仿佛受到了欺骗。

萨宾纳说："没必要急着找下一个，但也别什么都不干，虚度青春。"

"别担心我的青春。"我说。

萨宾纳惹恼了我。我明白了为什么在那些古老的地方，寡妇要等足够的时间才能结婚，那些规则都是有道理的。但我又算是谁的遗孀呢？博伊德活得好好的，克劳德连我的亲戚都算不上。他们一个离开了我，一个死了。我不想把自己的纠结和悲痛吵得满世界都知道——这是我一个人的事。

"在土耳其你得知道怎么讨价还价。"姑妈在电话里说，她正在为低价签下她的捆绑电话和网络账单而高兴。她威胁他们说要换服务商，"你得威胁他们说你要走"，就这样，他们降低了她每个月的费率。

与我相比，琪琪是个实干派。"你处理得不错。"她说。

然后我犯了个错误，告诉姑妈我需要帮助，要为某事攒钱。我说："我知道这听起来很奇怪，但我需要给一个人寄点儿钱。"

"博伊德？"

"哦，不是。"我说。

"问女人要钱的男人都是大麻烦。"琪琪说。

"不是给博伊德，"我说，"你总觉得什么都和男人有关。"

"我才没有。"琪琪说。

"是给我朋友蕾奈特的，"我说，"你不认识她。"

"你一定是个很不错的朋友。"琪琪说。

听琪琪的语气，她一定觉得我们是恋人。但她话题一转，说起了"忠诚"这个老生常谈的话题，她说绝对的忠诚很重要。"库尔德人就是这样存活了两千五百年，而赫梯人与弗里吉亚人却灭亡了。集体的忠诚就是有这种力量，你知道吗？"

我不知道。

"不知道你听说过哪些库尔德人的事迹，我知道一些很棒的故事。"

我什么也没听说过。

姑妈说："唉，我和帕特待在一起太久了。"

我的姑妈是不是一直活在回忆里？有那么一瞬间，我甚至怀疑三十几年后，自己会抱怨起烟草税的高低。我们的旧爱，是不是都会变成缥缈虚妄的念头和夸大其词的事实？在我心目中，如果姑妈是一堵墙，奥斯曼和其他人就只是一些被铸进这堵墙里的事物，就像那些在建造金字塔时被杀死、铸进其中的工人一样。琪琪不会喜欢这种比喻。一个人也能料理好自己的生活，她就是个很好的例子，但我不想成为另一个她。

　　我有很多朋友都放弃了电视，只在电脑上看节目。但奥利弗我俩还是很喜欢客厅的那台大电视，这是博伊德刚开始赚大钱的时候买的。我一生中从没怎么为钱操过心，别人说我不在乎钱，但我并非不爱物质。有一件事我敢肯定：博伊德不会回来搬走这台电视。他那个人最讨厌表现得小里小气，他喜欢慷慨豪迈，不为过去耿耿于怀。我从他那里，是否学到了什么？

　　他刚去餐厅的那段时间，每天回来后老是模仿那些一美分一美分数出小费的人，满是讽刺。没有比在餐桌上只留下几美分小费更可悲的事情了。但那时无论去哪里，威利都会给很多小费，所以这也没什么。

我知道怎么才能为蕾奈特筹到钱——卖掉我唯一值钱的东西，那就是姑妈给我的地毯。除非它便宜到完全卖不出价格，当然这也有可能。

　　我按照通常的做法，上网查了一下。我点开广告，看了易趣[①]和1stdibs[②]，甚至还看了苏富比[③]。我想我知道它是什么了——姑妈总提到的那种"库拉"，那是一个地名——有些标着"库拉"的地毯看上去和我的很像，有些则完全不像。价高的能卖到一万九千美元，低的只能卖一百美元，判定标准又是什么呢？

　　我的这块很大，这是一件好事。当然也很漂亮——棕色、蓝色，略带一些虾黄色——中间有一些钻石浮雕，边缘有象征幸运的四叶草和金天平，琪琪说那是用来为来世称量罪恶与善行的。多完美啊！显然这块地毯不是新的，但我不知道它有多老，不知道它每平方英寸有多少节，也不知道其他那些乱七八糟的东西。

　　我把它折起来，拿到地毯估价员那里。通过谷歌就能知道他们在哪儿。我挑了西三十几街一个低调的地方，但那个

---

① eBay，美国常用的线上拍卖及购物网站。
② 美国奢侈品购物网站，主售复古设计的珠宝、服饰、艺术品以及奢侈品。
③ Sotheby's，以拍卖艺术品及文物著称的拍卖行，这里指的是它的线上平台。

人看上去太高调了，白发苍苍，优雅且专横。他的店只能算是被地毯包围着的过道，地毯堆得像他一样高。他把我的地毯展开铺在桌上，盯着它，抚摸着它的绒毛，看着它的反面。他问："你从哪儿弄来的？"——我这样一个有文身的女孩。

事实证明，就年代而言，它保存得非常好。它的年代比看起来更久远，也许可以追溯到一九○○年，没有蛀洞，没有破损。有些褪色，但这是由于使用了天然染料，天然的就是好的。他问我，知道这种金黄色是鼠李染的吗？"保险起见，"他说，"如果你想卖的话，可以挂出大概五千的价格。"

我惊讶地倒吸了一口气，随后意识到我之前真的不够珍惜这块地毯。就像班里的书呆子突然成了电影明星一样，你必须放一些马后炮，说你一直知道他很有型。

奥利弗喜欢顺着地毯的花纹开他的卡车，但我不觉得我们会有多想念它。如果琪琪听到这个消息，也许会生我的气。我得编一个关于友谊的伟大故事，体现出我是一个重感情的人：我有一个朋友叫蕾奈特，她家遇到了困难，具体情况不好说，但很糟糕，作为朋友我必须做些什么，如果你认识她，你会懂的。

然后我拍了一些照片，在易趣上挂出四千九百美金的价格，等着别人出价。我一直在留意网站信息，一整天都没有收到回音。我编辑了一下商品描述，补充说明库拉是一个重要的地毯制造中心，这句话是我从网上摘抄来的。

在办公室，他们说我看起来没那么疲惫了，更乐观了。"是不是在你姑妈家住得很好？"其中一个技师说，"她的公寓一定很棒。"

如果说我状态变好了，那一定是因为我有了一个计划，正在努力做些什么，改变些什么。那个技师跟我说话的时候，正把一条狗牵去等待区给它的主人。这是一条老年黑色拉布拉多，名叫"小邋遢"，我见过它很多次。它正扯着狗绳，咧嘴笑着，带着一种狗狗专属的单纯欢乐走向它的主人。这让我想到，一旦有了目标，生活将会变得多么清晰啊。

我还要这样等多久？一周以后，显示有两个人"正在看"我的条目，但没有人出价。我不能把价格降得更低了。我能吗？我不知道自己在做什么。

我当然明白这种行为很荒诞，以为金钱可以弥补过失什么的，像原始人一样，用一堆羊来补偿死亡。我没有把自己在做的事告诉任何人，因此也没有人劝说我放弃。这是一次秘密的坚守，一个自我建造的信仰。工作时我一直在看手机，把屏幕看成一个摆放在柜子里的神龛。我似乎还唱起了颂歌，自言自语地说着"来吧""还没有？""拜托了"，我所希冀的东西并不比其他人奇怪；我并不是在乞求一个爱人，而是一个久未出现的买家，一个犹豫不决的钱包。

　　我把价格降到四千八百美元，为什么不呢？就在那天晚上十一点五十二分的时候，手机上出现了一条信息提示，真真切切地写着：有人买下了这块地毯。这是一个来自缅因州奥古斯塔的女人，她还要给我七十五美元运费，把它运到那里。减去付给易趣和贝宝①的费用，这笔钱很快就会出现在我的账户里。就这样，交易达成，地毯卖掉了！如果我改变主意会怎么样？如果我没有寄出这块地毯又会如何？从奥利弗还是个婴儿的时候，这块地毯就陪伴着我，姑妈把它给了我。

　　那一晚我过得很不好，但到了早上，我想起来卖掉地毯只完成了计划的一半——另外一半是要把钱给蕾奈特，这会让我更开心。我把注意力集中在更高的目标上，把眼光放长远。我去接奥利弗的那天晚上，已经把地毯寄走了。我挪开家具，用真空吸尘器把它收拾干净，对折，卷起来，裹进塑料里，把它带到快递公司。奥利弗嘟囔了一句："我们的地面上怎么

---

① PayPal，美国的一种在线支付工具。

会出现木头？"然后就蹦跳起来，明知故犯地把地板踩得踢踏作响。

尽管蕾奈特最近不再对人吵嚷，但她还是有她的脾性。

可能她一看到写着我名字的支票或邮件，就会立刻扔进垃圾箱。她有她的原则和脾气，她太容易被盛怒支配，拒绝一切善意，即使这意味着伤敌一千自损八百，她也愿意带着那些伤口走来走去，这对她来说完全不是个问题。

我首先想到的是匿名邮寄给她一些现金，在信封里装上一沓钞票，装进一个放着漂亮围巾或是其他东西的礼盒里一起寄送。现在完全可以信任邮政服务，在纽约它总是很慢，但东西从不会丢。比如，我们的税单最终总会出现在国税局的，不是吗？

我必须在自己花光这笔钱之前赶紧把它寄出去。我想买很多东西，也需要很多东西——给奥利弗买个苹果平板电脑，给自己买一双从橱窗里看到的漂亮鞋子，买一个更好用的电话。买这个吧，买那个吧，这个想法太诱人了，一旦我开了这个口子，这笔钱就会迅速缩水。我的顾客有三十天可以反悔，但我决定（我也不知道自己怎么决定的）一周以后就办完这事，冒点儿险总比完全损失这笔钱要好。我不能再这样停在原处犹豫不决了。

　　我确实很了解蕾奈特。谁都知道她喜欢那种焦糖和熏盐味的巧克力，用她的话说，它的滋味比做爱还美妙（多俗套的比喻啊）。她会很开心收到它们的。一包有六块，因此我买了三包，把它们和一个装满百元大钞的塑料袋一起包起来，用漂亮的金色包装纸包好，然后把这个大块头塞进超大的厚垫信封里。在退信地址上，我写下了这家糖果公司在西雅图的厂商地址。

　　在邮局排队排了那么久，我简直要累坏了。我身上有那么多现金——包裹里的钞票散发出灼人的热度，闪耀着刺眼的光亮。如果哪个排队的人把它抢走了呢？得了吧，我在开什么玩笑，它的数额远没有那么大。金钱毫无意义，金钱买不到一切。但我在用这笔钱做一件大事。我为那个神圣的棕色厚垫信封贴好标签，装订完成，粘好胶带，我的手开始出汗，我往其中注入了太多意义。我得等邮寄工作人员帮我把它转手送走。

　　这几天，我一直在奥利弗的日托中心里找塔尼亚——除了她还有谁能跟我说说蕾奈特的情况呢？我去得很早，走得很晚，但还是没看到塔尼亚。如果我一直都得不到任何消息呢？

我之所以这么做不是为了获得她的感谢（我对她不存在任何幻想），而是为了我自己的内心。我的姑妈总是说，那才是你最终唯一拥有的东西。

那一周快结束时，塔尼亚终于出现了。她说："我猜你听说了蕾奈特和以赛亚的事，简直太疯狂了！"

什么事来着？蕾奈特的第一直觉就是，那个匿名包裹来自她的前男友以赛亚——他是第一个给她送过这种糖果的人。她在很长一段时间里都找不到他。（她难道没试过在网上找出他的行踪吗？）他似乎必须躲开她，却愿意为她提供帮助。"他可是帮了大忙了。"塔尼亚说。

这件事给蕾奈特带来了多大的变化啊。"如果你看到她一定会认不出的，她从来都不是那种爱笑的姑娘，但她现在逢人就送上祝福。我知道，这有点儿可怕。"

看看爱情的力量有多伟大吧，即使实际上整件事与它并无关系。

"她给在费城的那个疯妈寄了一些钱。现在她正要搬回去，在那儿开个修眉沙龙。我猜在那儿更便宜。好吧，开在哪儿都比在这儿便宜。"

以赛亚是她的生命之光、愉悦之火。博伊德从来都不是她真正在意的那一个。

塔尼亚说："她说自己知道怎么做生意，我怎么不知道她还有这个能耐。"

爱情为她带来了正面的影响。邮件里的那些糖果给足了她勇气去掌控一切。

"她能行的，"我说，"傻瓜都能做好这件事。"

我脑海里有一个声音在说，克劳德会很高兴的。如果他还在，他会和蕾奈特在城里到处泡吧，尽情取乐。我希望有其他人可以和她一起庆祝。也许是博伊德，也许他正在向她祝酒，也许是麦克斯韦，如果他已经回来了。蕾奈特会大谈特谈眼部美容的重要性，指出它对全球人类进步的贡献。

我做了自己想做的事，它很伟大。我欣喜若狂，同时也心怀忐忑。万一哪天以赛亚突然出现该怎么办？万一他说露馅了，说那根本不是他寄的该怎么办？有那么多后患，但她还是得到了那笔钱，这样她就可以开始自己的事业了。蕾奈特永远也不会猜到是我寄的，也许她会认定是博伊德做的。

人们总在追求浪漫的诠释，不能为此责怪他们。他们总认为自己强烈感受到的那些情感才是最真实的。但除此之外，还有其他力量存在于这个世界。不仅仅有性，还有正义的力量，它们永远奋斗不止。我是那笔抚恤金的施予者，一个不存在的记录者。几乎没人能揭穿我的这重身份。

为蕾奈特带来虚假的希望本非我所愿，但她对以赛亚的这种信仰也许能持续到老年。五十年后，不管人们的眉毛变成什么样，她依然会是一个絮絮叨叨的老板，告诉别人她有一个老情人，他从未忘记过她，还巧妙地让她过上了好日子。

除了我，谁也不知道这件事的实情。我想告诉博伊德。如果他知道，也许会对我有更好的观感，让他回想起我们在一起的时光，对我产生不同的认知。他会记得那些不愉快的时刻，也会因为我超出他想象的慷慨而谅解我。会理解我之所以发牢骚是因为我想努力做个好母亲，我之所以口不择言是因为我真的在担心他。他会记起我在床上的温柔，记起我不是那么浅薄的人。我想让他知道是谁寄去的钱，我有我的虚荣心。

我没有告诉任何人。琪琪姑妈认为我太容易听信别人的话，年轻就是有这样的坏处。她和马可·奥勒留一样，都提倡自足性。我对这些完全不感兴趣，却在效仿这种做法，一直闭口不言。我也没打算告诉琪琪。

琪琪当然还是发现了地毯的事。奥利弗在电话里告诉她，说妈妈扔掉了那块他总在上面玩耍的地毯，她总做这种事。我不得不解释道："我没有扔掉它，我把它卖了，想给我朋友凑一些钱。希望你不要生气。"

我姑妈说："那块地毯既然给了你，你就可以随意处置。不然怎么叫礼物呢？"

我说："我卖了一个好价钱，易趣太好用了。我朋友的情况真的很糟糕，糟透了。"

"希望她能好转一些，"姑妈说，"你一定帮了她不少。"

"她说她永远铭记于心。"

"她不会的，人们总是会忘记这些事。但也许有一天她会帮到你。"

蕾奈特来帮助我？这个念头令我有些惊恐，那我得沦落到什么地步。也许我哪天不小心交往了某个渣男的时候她可以拯救我，她会突然冲进来对他一通数落，然后把他赶出门去。她会说："你听着。"

我说："我让人给它估了价，你需要钱的时候也可以去那里。"我不知道姑妈究竟有多少钱，尽管我有时会好奇。

姑妈说："我留下了那条库尔德的，你也知道，我那些地毯现在更受欢迎了，这些库尔德图案的。要我说的话，它应该值更多。"

"你会卖掉它吗？"

"当然不会，"姑妈说，"你知道的。"

奥利弗还在后院抱怨说他需要一块地毯，他的卡车没有路可以开了，说谁也不在意他的需求。我姑妈说："你可以在凯马特零售卖场给他买条便宜的，比较适用。"

我听到传言说，蕾奈特决定不做生意了，要给克劳德买一块大理石墓碑。我不知道墓碑要花多少钱，但这种馊主意只有蕾奈特能想到，也可能是她母亲提醒她的。我是从安吉那里听到的，这个女孩和我住同一幢楼，与麦克斯韦约会过。她告诉我时，正站在我门廊里的邮箱旁边。"这简直是拿钱打水漂，"她说，"你觉得克劳德真的想要什么大块的石头吗？我可不这么认为。"

也许他想要，我说不上来。我认为死亡的意义就是死者与我们这些生者永远分离，失去踪迹，断绝音讯。我父亲曾告诉我，他母亲在他十二岁时去世了，每当他父亲提到母亲希望他这样那样的时候，他总会暴跳如雷。那是他父亲的臆测，他们都心知肚明，他父亲会说："你什么都不知道！"他痛恨父亲为母亲代言，仿佛她只是一个木偶，仿佛连死者的沉默都没有得到应有的尊重。

一想到蕾奈特把所有钱都花在墓地上，我就心烦意乱，我牺牲掉姑妈一块那么好的地毯可不是为了这个。这完全不是我想要的。我知道我无权做决策——这就是牺牲的全部意义。但没有谁来阻止一下她吗？

　　博伊德成功阻止了她。麦克斯韦刚搬回他的旧公寓，只能拄着拐杖一瘸一拐地走路，博伊德正住在里面照顾他。安吉说他脸上有个大疤，看起来并没有那么糟糕，麦克斯韦可以掩饰过去。博伊德和麦克斯韦一起去了蕾奈特现在的工作地点，叫"修眉中心"还是什么乱七八糟的名字。他们被前台拦下来了，那人不是很和气。但他们给她在便条上留言的时候，蕾奈特恰好出来了。博伊德说："你好呀，美女。"

　　"上帝保佑你们。"她说。

　　她正在午休，很乐意和他们一起吃点儿东西。他们吃着玉米饼，博伊德谈论起生死的问题。死亡会让你注意到一些严肃的东西。社区里有人（他们就是这么长大的）把廉价啤酒柯尔特45倒在地上为死去的朋友默哀，就是一个庄严的时刻。克劳德只有二十四岁，还没有完整走过一生，生命才刚刚开始就死了，死前还在工作。因此纪念克劳德最好的方式就是让蕾奈特继续她的事业，人人都说她干得不错，克劳德总是为她骄傲，希望有一天可以投资她的事业。如果你问他，他也一定会说她是个天生的女商人。克劳德才不会想要什么该死的石头。

除了哭泣和同意，她还有其他选择吗？麦克斯韦补充道，如果她需要帮助，他会帮她处理沙龙所有的财会问题。麦克斯韦是他们的主心骨。

我不相信她的执行力，但安吉说，麦克斯韦要和她一起去费城看看租哪间铺面。他挂着拐杖上了公交车，在廉价的客车上待了近四个小时，还是在清醒状态下，这对他而言才不是什么愉快的出行。不，博伊德没去，安吉说。他不能离开这个州，我忘了这点。

那天下午我去上班时，想到了麦克斯韦。他在医院住了三个星期，打了麻醉针，浑身是伤，多处骨折，被绷带绑得严严实实，然后又要住到他姐姐家慢慢康复。所有人都称赞他挥舞起拐杖来如行云流水，好像要创造出新的舞蹈动作似的。我想象着他在沙发上指挥博伊德，让他拿来哪种啤酒，出去买哪种薯条，博伊德会说"好的老板"，然后继续自行其是。

我之前都没想过麦克斯韦，因为我刚有勇气反省自己做了什么。我在兽医所时，偶尔会听到动物的尖叫或哀嚎——并不经常，但有时会。可怕的是，听着这些声音，我只能呆坐在那里，不能冲过去帮助那些动物。兽医们在那儿，没有谁需要我，但这种声音还是折磨着我。

当初是麦克斯韦想出了从弗吉尼亚运送香烟的点子，他也许正在筹划新的点子。安吉说："他正试图从卡车司机的保险公司那里弄钱。谁知道呢？也许他们会付。"我悄悄幻想着去见博伊德的情景，就那样突然出现在他们的公寓，要是麦克斯韦在那儿的话还是算了。不是所有人都会像蕾奈特那样大吼大叫，但我不觉得麦克斯韦看见我会高兴得跳起来——如果他还能跳。

能安慰我（如果可以这么说）的是，想象着蕾奈特在麦克斯韦的建议下租到了合适的店面，她可以随心所欲地在墙上敲敲打打，把它装饰得更好看一些，但得选一个年轻的社区。老年人才不在乎他们的眉毛。琪琪任由她的眉毛野蛮生长，连我母亲也不对它花什么心思。包括我在内的二十来岁的人，都认为他们靠脸吃饭。即使现在，我正处于还没准备好的状态，依然希望自己走出门的时候，街上所有男人都会爱上我。

我很好奇蕾奈特会不会给满是伤疤的麦克斯韦一些美容建议，比如在脸上抹点儿什么。我想麦克斯韦应该不会想谈这个，他希望别人无视它——这是他的事，他要怎么处理是他自己的事，这是他的皮肤。

在我坐的接待区，有一块兽医所的公告栏，上面有待领养的猫的照片，还有遛狗和驯狗的广告。其中一个驯狗师的卡片上写着："对待新狗狗，爱是不够的。"这是在说，狗狗们需要接受训练才能知道如何与人类一起生活，但我总觉得这是一个普世警告，提醒你设下禁制，告诉你外面还有一个严酷的世界。

我姑妈说："你朋友怎么样了？我希望她好些了。"

"好多了，"我说，"她要开始做生意了。"

在琪琪姑妈眼里，也许成为资本家并不是个美好的结局，但她体谅别人的处境。她自己还当过女佣。

我说："你遇到赫尔南多的时候，还在给人打扫房子吗？"我还记得赫尔南多，他曾经对我很好。

她说："不是，你出生之前我就和他分手了，我那时在和另一个男友交往。"

姑妈那时的感情生活多繁忙啊。

"你会想念之前的男友吗？"

我怎么会说起这个？原因很明显。

"会，我总说我仍然爱着奥斯曼。"她确实一直这样说，仿佛这是生活中显而易见的事实。"为什么非要给自己的感情画上句号呢？"

姑妈的话听起来完全符合逻辑。我想她的意思是，她没有必要阻止自己的感情，因为她是琪琪。她可以毫无挂碍地一心两用，一面惦念着那个在记忆中褪色，却化为永恒的旧爱，一面好好经营现实生活。

琪琪说："当然，人总会记得那些糟糕的时刻。他很少关心我想要什么，总觉得我会追随他到天涯海角。他连纽约都不愿意来，但我尝试着对他公平一些。"

没有人会像琪琪这么关注公平与否，当然了，他们之间隔着那么漫长的时间，那么遥远的距离，让她得以抽离其中去思考。即使是我也能看出来，正是这种公平让她愈发平静。

午睡时段奥利弗在托儿所惹了点儿小麻烦，他拒绝躺下睡觉。我对他说："要是我能有机会打个盹儿就好了。"我们走回家时，他还在抱怨那些愚蠢的规定，简直是蠢透了。突然他停了下来，尖叫道："看那儿！博伊德！你好啊，博伊德！"

那确实是博伊德。他穿着黑色 T 恤和低腰牛仔裤，正走在一百二十五街上，看起来很不错。奥利弗跑过去抱住他的膝盖。博伊德说："噢，小家伙，你最近怎么样？"

"我们很好。"我说。他并没有问起我，我们也没有拥抱，没有任何表示。我说："你最近怎么样？麦克斯韦好些了吗？"

"他挺好的。医生没明确说出来，但有一天他肯定能正常走路。"

"其他人都好吗？"

他说："威利要结婚了，我知道你想说什么，谁能想到呢？就是我们等他来开车那次，跟他鬼混了好几天的那个女人。他说这是他的真爱，千真万确，他就是这么说的。"

我的第一个念头就是，威利那个白痴简直玷污了爱情这个词。

这个男人骨子里就没有半分真诚，也许我应该反过来理解。也许爱情滋养了他，让他转了性，脱胎换骨。

"我想这是个好消息。"我说。我没有说出口的是，如果他没有遇见她，克劳德也不会死去。但我知道，重提此事毫无益处，并不能解开我们的心结。

博伊德说："也许他们会在一起很久，这种事谁也说不准。"

天啊，我们要谈论爱情这个话题吗？我站在那儿看着博伊德，试着解读他那张熟悉的脸，而奥利弗正像爬树一样顺着他的腿往上爬。

"奥利弗，消停点！"我说，"谁也说不准，有些事人们总会藏在心底。"

"确实这样。"

"你也这么认为？"

"没必要把所有东西都放在明面上，"他说，"藏在心底也很美好。"

我受宠若惊，我们在这件事上达成了一致。爱将被掩藏，直至永恒。

"我总觉得我会长命百岁。"我说。

"你当然会，"他说，"而且会活得很开心。"

"我希望你也是。"对爱情而言，这话毫无异议。

他说："日子还长着呢，人的寿命现在都要到一百岁了。"

正如婚礼誓词中所说，直到河流干涸。我们也在许下伟大的誓约，却不用被彼此牵绊。我们许诺，站在高处看逝者如斯夫，看岁月在我们脚下、在凡人的俗世中绵延。

我一百岁时应该不太好看。但我知道完全不必担心他眼中的我是什么样——如果他能看到——这不是重点。

"一百什么？"奥利弗说，"能给我一百美元吗？"

"当然，马上。"我说，"你还在那家餐馆吗，博伊德？"

"那地方没了我根本开不下去。"

我唯有报以微笑。他猜不到我有多想念他——他能猜到吗？我们再也没有机会复合了，毫无机会。为什么我看到他还是会如此欣喜若狂呢？我保持着微笑。

奥利弗说："你知道吗，我讨厌睡午觉。"

博伊德说："不知道，很高兴你告诉了我。"他让奥利弗站在他的鞋子上（奥利弗高兴坏了），像以前一样迈着大步带着他走来走去。这只能让我更清楚，为什么我喜欢他超过世界上任何一个男人。

所有人都会去参加威利的婚礼。一周后，我从塔尼亚那里听到了这个消息。那是在教室外面，早上我们把孩子送过去的时候。塔尼亚说："他们只在市政厅简单走个过场，但晚上会在家里开个派对。"威利并没有像我一样受到他们的敌视，那个该死的威利，我难过极了。

"她长什么样？"我说。

"很漂亮。我只见过她一次，她那时正像大蟒蛇一样挂在威利的脖子上。"

"他活该被勒死。"我说。

这句话脱口而出，塔尼亚被我的刻薄惊呆了。

"我是说，他被爱紧紧勒住了脖子。"我拙劣地补救，如此可笑，这话听起来像我姑妈的言论。

"我可能会去那个派对。"塔尼亚说。

博伊德在雷克斯岛的时候，有一次我和奥利弗去看他，等足了四个小时。里面有人斗殴，某个地方被封锁了，还是说所有地方都被封锁了，我不清楚。不管怎么说，我和奥利弗就这样一直坐在某个房间的长凳上，里面还有一台冷饮机、一个钟和十来个看上去一脸疲惫的访客。我和萨宾纳约好一起吃晚餐，时间越来越晚了，我说不准要晚多久，也没法告诉她。我的手机、手表、钱包和奥利弗的恐龙都被放进一个储物柜里，根本拿不到，想走也走不了。我必须给奥利弗找点儿乐子，却连钢笔、铅笔或是碎纸片也没有。我说："用我的小眼睛侦查看看，有一个蓝色的东西，它是什么？"

奥利弗兴致不高，他说："是那个男人的粗布工作服，那又怎样？"

我怂恿他再找两件蓝色的东西，他找到警卫的制服和门框上的油漆，但之后他就拒绝再玩了。他告诉我："这游戏太无聊了。"

我说："那假装你是某个名人，我来猜你是谁。"这个游戏对他来说是不是太深奥了？

“好吧，来吧。”

这个人是活着还是去世了？活着。是男还是女？男。他是成人还是孩子？成人。他不曾出现在电视、电影或是游戏里，也不在他们托儿所读过的故事里。世界上所有人都认识他吗？是的。他是总统吗？不是。世界上所有人都喜欢他吗？是的，当然。我差点儿就要猜是不是耶稣了，万一赫克托的家人跟他讲过呢？他说了答案：“你认识他，他就是博伊德！”

好吧，这是自然的，除了“世界之王”，还有谁值得我们这样等一整天呢？

我说：“我完全没猜到，你实在太聪明了。”

后来我把这件事告诉博伊德，并试着让自己的语气里没有半分对奥利弗的取笑。这让那天愉悦许多，博伊德说：“换作我也永远猜不到。”奥利弗觉得这是他听过的最有趣的笑话，博伊德居然连自己也猜不到。

十月份的时候，我收到一封来自麦克斯韦的邮件。主题栏写着“费城最棒的修眉沙龙开张了”，我应该一直都在他的联系人名单里。我被这句话惊呆了，我脑中的幻想居然变成了现实，就好像我之前的自言自语突然被广而告之，引来纷纷议论。邮件里的图片上有一堵被漆成了嫩绿色的砖墙、一面金框镜子、一个玻璃梳妆台和摆在架子上的大型波士顿蕨类植物。里面写着："欢迎来到沙龙。"

单击菜单可以查看服务列表，还可以看到案例里漂亮的眉毛照片。有一段蕾奈特的个人简介，详细地介绍说她曾在纽约中城区的时髦地段长期工作过，现在满怀热情地带着自己的技能回到了故乡。开业当天，客人还可以享受一杯香槟酒，庆贺新店开业。

这段简介让蕾奈特风光极了，读完这些我心情大好。开业的时候，她会穿上漂亮的衣服，一定性感又闪亮，上面还有流苏和各种花纹。一杯酒下肚，她也许会祝福起所有人。她也许会大谈特谈如何在困难中重新振作，会感谢那些应该感谢的人，比如麦克斯韦、博伊德和某个她不能说出来的人。她会说："奇迹会发生的，你们每个人都要相信。"有人也许会窃窃私语，嘲笑这种说法，蕾奈特会说："闭嘴，我是对的。"她那个疯妈会为这个超级成就献上祝酒词。这一切都是我臆想的，但它使我异常欣慰，或许现场也和我想象的这番场景差不多。克劳德看到这一切肯定会很高兴，他会对我说："看看，我就知道能成。"

图书在版编目（CIP）数据

时间胶囊 / (美) 琼·西尔伯 (Joan Silber) 著；
曹源译. — 南京：江苏凤凰文艺出版社, 2021.7
书名原文: Improvement: A Novel
ISBN 978-7-5594-0072-7

Ⅰ.①时… Ⅱ.①琼… ②曹… Ⅲ.①长篇小说 – 美
国 – 现代 Ⅳ.①I712.45

中国版本图书馆CIP数据核字(2019)第261507号

著作权合同登记号：10-2020-322

时间胶囊

[美]琼·西尔伯　著
曹　源　译

责任编辑	李龙姣
策划编辑	刘　平　栾　喜
装帧设计	安克晨
出版发行	江苏凤凰文艺出版社
	南京市中央路 165 号，邮编：210009
网　　址	http://www.jswenyi.com
印　　刷	北京盛通印刷股份有限公司
开　　本	787 毫米 × 1092 毫米　1/32
印　　张	7.5
字　　数	131 千字
版　　次	2021 年 7 月第 1 版
印　　次	2021 年 7 月第 1 次印刷
书　　号	ISBN 978-7-5594-0072-7
定　　价	48.00 元

江苏凤凰文艺版图书凡印刷、装订错误，可向出版社调换，联系电话025-83280257